Edmond De Goncourt

LES MŒURS
DE
PARIS.

Par M. L. P. Y. E.

A AMSTERDAM,

Chez Guillaume CASTEL,
Imprimeur de S. A. S.
le Prince d'Orange.

M. D CC XLVII.

PREFACE.

ON voit à Paris un concours
de monde auſſi grand que
brillant ; cette Cité qui eſt la
Déeſſe de la terre, le berceau
des Héros, attire dans ſon
ſein des gens de toutes les Nations. Ils y ſont conduits, les
uns par la curioſité, le plaiſir,
& même par l'amour du déſor-
dre ; les autres conſidérant que
la Fortune répand dans ce ſé-
jour ſes biens plus abondam-
ment qu'ailleurs, y ont été
attirés par l'eſpérance de jouir
un jour de ſes avantages. D'où
vient que l'on voit à Paris cette
multitude innombrable de gens
dont la plupart conduiſent tant
d'intrigues délicates, ſde bri-

gues férieufes. Ils n'eft point de
refforts qu'ils n'y remuent pour
arriver au comble de leurs
vœux. Ils y employent les feintes, les careffes, les embraf-
femens redoublés, les difcours
fleuris, & nés dans la fource de la Politique. On y voit
des Dames qui n'ont du goût
que pour l'infidélité, de l'attrait que pour le défordre : fi
leurs maris avoient le droit
de les vendre, ils les donneroient à bon marché, & ce
feroit avec raifon, puifqu'elles ne valent pas grand chofe.

L'ouvrage que je donne aujourd'hui au Public, offre un
fpectacle des plus curieux ; on
y voit les caractéres des Habitans de la reine des Ci-
tés. Je ne l'ai mis au jour

que par le defir de faire des
conquêtes à la vertu. Mon
intention a été de démafquer
le vice, & de porter dans
l'efprit le flambeau de la raifon. Je tâche de peindre les
Dames, les Petits - Maîtres,
les Politiques, les gens de
Lettres, les Abbés & les
Moines. Ils n'auront pas dequoi fe plaindre puifque j'é-
cris fur les fujets, qui font
dignes de leurs réflexions, ils
me rendront fans doute la
juftice que je n'ai rien écrit
qui ne foit vrai. J'ai fait, autant que j'ai pû, leurs portraits au naturel ; & quelque
impoliteffe qui fe trouve dans
le ftyle, quelque groffiéreté
qu'il y ait dans les traits, j'efpére néanmoins que cet Ouvrage, par rapport à la vérité

à laquelle je me ſuis attaché,
ſera favorablement reçu du
Public, & qu'il produira de
bons fruits.

LES MŒURS

DE

PARIS.

DES DAMES.

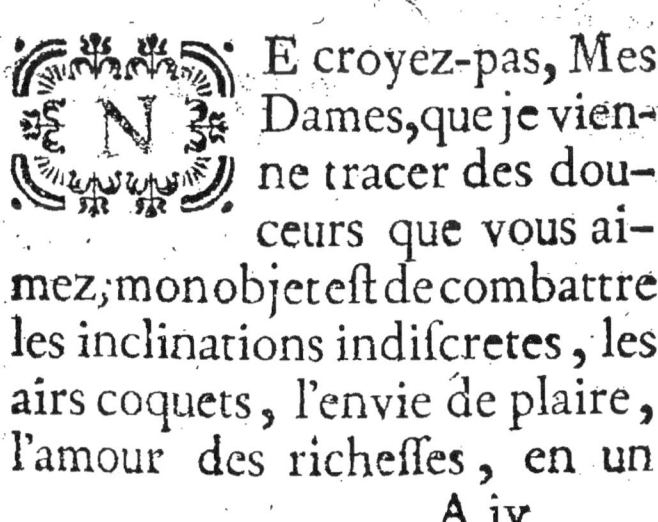

NE croyez-pas, Mes Dames, que je vienne tracer des douceurs que vous aimez; mon objet est de combattre les inclinations indiscretes, les airs coquets, l'envie de plaire, l'amour des richesses, en un

mot tous vos défauts. Je m'é-
tois proposé depuis long-tems
de vous présenter un miroir où
vous puissiez vous examiner :
mais l'appréhension de vous
irriter, avoit mille fois arrêté
l'exécution de mon projet. Cependant je dis, il y a quelques
jours en moi-même, Pourquoi
suspendre l'ouvrage de mon
zèle ? Pourrois-je voir sans
déplaisir qu'un sexe qui doit
embélir la France, & en faire
la gloire par le seul éclat de ses
vertus, fasse sans cesse de faux
pas, & cela peut-être pour ne
point lui donner le tableau de
la vie auquel il peut se reconnoître. Que sçais-je si je ne lui
inspirerai le desir du bonheur, & si je ne le ramenerai
au chemin des heureux : comment, d'ailleurs, pour un des-

sein si beau , pourrois-je m'attirer l'indignation de ce sexe ,
ne lui fournirois - je pas au
contraire un sujet de satisfac-
tion ? La force de ces réflexions , Mes Dames , ne m'a
point permis de différer davantage à composer cet Ouvrage : Je vous prie de recevoir
comme une légere ébauche de
mon zele ce que vous y trouve-
rez sur votre compte ; je serois
comblé de joye si je pouvois
vous donner du goût pour la
piété; je ne laisserai échapper à
mes réflexions rien de ce qui
pourra produire ce bon effet.
ne vous attendez - donc pas ,
Mes Dames, à des flateries, des
éloges, je vous promets de ne
point vous ménager ; je vais
vous peindre au naturel.

La Galanterie régne à Paris

plus que dans aucune ville du
monde, l'Amour femble y
avoir élu fon féjour : les Dames
y penfent de la maniere la plus
indifcrete, les appas qu'elles
font briller féduifent une foule
de gens : ils vont doux, affables, polis, civils, fe mettre
dans les fers. Mais la réflexion
a-t-elle fait tomber le bandeau
de l'illufion, ils voyent alors,
mais trop tard, que ce qu'ils
cherchoient pour être heureux,
étoit précifément, ce qui les
empêchoit de l'être : ils fe
trouvent enjolivés d'un bouquet, qui les oblige d'implo-
rer le miniftére des enfans d'Ef-
culape. C'eft alors qu'ils achétent un repentir cher ; pour un
petit bouquet, il en coute la
vertu, la fanté & fouvent le néceffaire qui font les feules cho-

fes qui rendent les jours heureux.

Je diftingue les Femmes à
Paris en quatre claffes : les filles de l'Opéra forment la premiere, les Artifanes la feconde, les Bourgeoifes la troifiéme, & les Dames de qualité la
quatriéme.

Une Fille de l'Opéra eft
douce, polie, enjouée : elle
joue toutes fortes de perfonna-
ges pour fe faire des amans. Si
elle en veut à un jeune homme,
elle loue les attraits de fon âge,
& les plaifirs qui lui font dus;
elle lui affûre qu'il n'y a que lui
feul qui ait le talent de la charmer : fi elle fe tourne au contraire du côté d'un vieillard, elle
trace les prérogatives de pru-
dence que l'âge lui accorde, &
lui protefte qu'elle ne fçauroit

aimer qu'un homme de ce caractére. Tantôt elle chante
comme une Sirene, & danse
avec toutes les graces d'une
Nymphe : tantôt elle le regarde avec des yeux vifs & flateurs:
elle redouble ses caresses, &
les assaisonne d'un sel varié
pour conserver leur frivole nou-
veauté. Après qu'elle est deve-
nue la Reine de l'objet de ses
desirs, elle s'étudie à le retenir
dans ses chaînes: si elle apper-
çoit qu'il est moins empressé à
cultiver ses faveurs, elle le me-
nace de lui donner un Rival :
s'il en murmure trop, elle l'ap-
paise bien vîte. Quelque fois
elle attise les feux, ou par de
courtes absences, ou par des
privations ménagées; elle exi-
le les caresses, les ris: mais lorsqu'elle veut, elle les rappelle.

Une autre fois elle lui déguise
sous le masque du devoir une
extrême complaisance, & lui
déclare les présages d'une fidélité à toute épreuve.

L'Artisane méne une vie qui
fait des éclats bruyans ; le vice
est canonisé chez elle. Aux ap-
proches de la nuit elle va tendre ses piéges au Luxembourg,
aux Thuileries, où elle haran-
gue les Plumets & les Abbés.
On a beau lui faire des repro-
ches, des remontrances, cette
infidelle laisse toujours le cours
à ses desirs vagabonds, & suit
ses mauvaises maximes ; elle
défends ses mœurs, & leur
donne du prix.

La Bourgeoise suit souvent
son goût sans réflexion, les fre-
quentes occasions qu'elle trouve, lui font nouer des intrigues.

Cependant il y a de la modéra-
tion dans sa conduite, la crain-
te de perdre son honneur, la
retient quelque fois dans son
devoir.

La Dame de qualité se met
au-dessus du qu'endira-t-on, sa
vie fait beaucoup de bruit, de
fracas ; on peut la mettre en
paralléle avec celle de l'Arti-
sanne. Le matin elle prend au
lit un bouillon, elle se léve à
midi, & demeure à sa toilette
jusqu'à ce qu'il faille se mettre à
table. Après diner elle joue du
Clavessin, ou fait une partie de
Piquet qu'elle a soin d'intéres-
ser. Afin de varier ses exerci-
ces, elle va faire un tour de
promenade: si le tems ne le lui
permet point, elle va en visite ;
de-là elle se rend au Spectacle,
à la fin duquel elle va souper

avec son Amant, & ne se retire
qu'au point du jour.

Les Dames de qualité à Paris se montrent sous toutes les
formes où les graces peuvent
paroître, dans la vûe de ra-
vir les libertés. Elles embel-
lissent leurs visages d'une pom-
made délicate, & ornent
leurs corps de pierreries, dont
le brillant & la lueur éblouissent
les yeux. Tantôt elles chantent,
elles dansent, elles folatrent ;
on diroit que les ris & les plaisirs ont fixé leur séjour auprès d'elles. Tantôt elles parent leurs discours de roses &
de lys, d'enjouemens & de
graces ; on ne voit chez elles
qu'un assemblage de piéges, un
tissu d'artifices ; leur ambition
irritée leur fait entreprendre
les choses les plus extraordinai-

res pour séduire la vertu des Grands ; leur objet est d'aller au bonheur par la route du plaisir.

Ces Dames cherchent tous les moyens de favoriser leurs Amans, si leurs époux Jaloux de leur sagesse, épient leur conduite, elles mettent leur prévoyance à l'écart : pour cet effet elles ont recours au bal de l'Opéra, qui est une assemblée où régne l'Amour.

On ne doit point s'étonner du désordre de ces Dames, puisqu'elles s'exposent à toutes les occasions périlleuses. Elles sont très-assidues au Spectacle, d'où elles ne sortent qu'avec le souvenir pernicieux des maximes qu'elles y ont entendû débiter. Les Romans sont leurs Livres chéris : ils flatent leur goût,

&

& font couler doucement dans leurs cœurs un venin mortel. D'ailleurs le charme du repas, & la liberté qu'elles ont, concourent à la perte de leur honneur.

Voila les fources où trouve fon principe le défordre de ces Dames, leur vie eft un enchaînement de divertiffemens fucceffifs : le jour elles font les Nymphes fur le Boulevard, au Cours la Reine, au bois de Boulogne, & le foir elles étalent une figure de poupée fur quelque Théâtre. Que cette conduite, mes Dames, eft déméritante, furtout en vous, qui devriez fervir de modéle ! fi vous étiez auffi portées à acquérir la fageffe, que vous l'êtes à faire tomber à vos pieds ceux qui ont fçu vous charmer, combien

B

ne seriez - vous pas heureuses ?
Vos jours seroient beaux &
serains ; les plaisirs qui perfec-
tionnent la raison , répan-
droient leurs douceurs dans
vos cœurs : c'est alors que vous
vous montreriez avec un éclat
aimable ; vous ne cesseriez
point d'embellir & de paroître
avec de nouvelles graces.

La Duchesse de * ... fut
dernierement bien surprise de
la délicatesse & de la vertu d'un
Seigneur Bordelois. Ils étoient
à un jardin , dans un cabinet
de feuillage qui étoit hors la
portée des oreilles. La Duchesse lui dit , en lui serrant la main ,
vous êtes mon Favori , je vous
fais Roi de mon cœur : je ne
sçaurois , Madame , répondit
le Bordelois , me rendre maî-

* . . .

tre d'un ſi précieux domaine :
la Religion & l'honneur vous
défendent de me l'offrir , & à
moi de l'accepter. Vous êtes
engagée dans les liens reſpec-
tables du Mariage , voudriez-
vous manquer de fidélité à votre cher époux , & vous égarer
de la route des heureux ? Je
ſuis trop votre ami pour porter
atteinte à la pureté qui doit ré-
gner dans vos mœurs. Ce fut
ainſi que ce brave Bordelois
détourna de ſa tête l'orage ; il
ſe défendit avec les armes de
la raiſon , qui le rendirent victorieux.

Ce qui fait que la plupart des
mariages ſont à Paris ſi mal aſ-
ſortis , c'eſt parce qu'ils ne ſe
font pas par eſtime ni par goût :
ce n'eſt que l'intérêt qui préſide
à ces démarches ſolemnelles.

D'où vient que loin de rencon-
trer dans l'Hymen l'union &
la paix, on n'y trouve que des
divifions. Un homme aime bien
peu une femme en qui il ne trouve rien d'aimable que fes richeffes ; il la quitte ordinairement, & va faire fa cour à des
beautés complaifantes. Sa Femme de fon côté ne rougit pas de
commettre un crime couronné
par l'exemple de ce perfide ;
elle va étaler dans le public le
frivole tréfor de fes charmes ;
un Théâtre & des Spectateurs
font procurés à fes defirs, les
airs enjoués, les petites mines,
les rubans, les mouches, rien
n'eft oublié pour fe faire aimer.

Quoique cette perfonne ne
cherche que les avantures de
l'amour, elle veut faire l'hon-
nête femme: auffitôt que la Par-

que lui a ravi fon époux, elle paroît toute défolée; on diroit qu'elle a perdu l'objet de fa tendreffe, qu'elle regardoit comme un riche préfent venu du Ciel : mais cette feinte douleur difparoît bientôt, les ris & les plaifirs reprennent leurs droits: peu de jours après le décès de fon mari, les parans la remarient, le voifinage retentit du concert de violons, de flutes, & l'Epoufe fleurie méne le branle à la danfe.

De femblables mœurs ne font-elles pas marquées au coin de la plus fouveraine répréhenfion ? Les Femmes à Paris n'ont que de la dureté ; les infidélités qu'elles commettent, les rendent infenfibles à ce qu'il y a de plus touchant : elles ne reffemblent point au petit nombre de ces Femmes vertueuses, qui pleurent la mort de leurs maris au-delà du tems porté par les loix: rien n'étoit capable de diminuer l'amitié qu'elles leur portoient, leur fidélité à toute épreuve rejaillissoit comme l'eau des fontaines, la droiture & l'équité font la régle de leur conduite.

Pour que les mariages soient heureux, ils doivent être fondés sur la tendresse, & non sur l'intérêt. C'est le cœur qui doit appeller par goût son épouse à l'état du mariage, & la raison doit l'y placer par estime. Ce seroit ainsi que la paix & le bonheur régneroient dans l'Hymen: on verroit le trône de la pudeur affermi, & les loix de l'honneur observées.

TITRE II.

De l'Accent & de plusieurs portraits.

LEs Parisiens ont une façon brillante de s'énoncer, leur accent est des plus beaux; les Femmes en ont une haute idée; aussi rient – elles de ceux qui ne l'ont pas. Un de leurs grands défauts est de s'estimer infiniment plus que les Dames de Province : il leur semble qu'elles soient stupides, grossiéres; mais elles se trompent fort, car il est des Provinciales qui ont un mérite infini : elles joignent aux agrémens de l'esprit de belles manieres, le caractére de leur jugement est aussi estimable que celui du cœur.

Un Béarnois, homme de
qualité , qui avoit demeuré
long-tems à Paris, fut un jour
à la Comédie Françoife ; comme il voulut fe divertir, il fit
femblant d'être nouveau débar-
qué : dès que les Comédiens
faifoient certains geftes , il
rioit beaucoup : les Dames qui
étoient à fon côté, entrérent en
converfation avec lui ; le Béarnois affectoit un accent Provincial , & elles en faifoient un fujet de rifée. Croyant d'avoir
trouvé une occafion de diver-
tiffement, elles le prièrent d'aller fouper avec elles : il voulut
bien y confentir ; il fe laiffa
conduire chez la Comteffe de
*.... Pendant le repas elles
l'engageoient à parler, & fe di-
foient à l'oreille : voilà un plai-

*....

fant

fant Sauvage ; il eſt lourd &
peſant, ſon eſprit eſt d'une
groſſiéreté inconcevable. Pour
relever les plaiſirs de la table,
& donner un nouveau ſel aux
plaiſanteries, elles le ſollicité-
rent à chanter : allons, Monſieur, lui dirent-elles, il faut
que vous nous honoriez d'une
Chanſon de votre Pays, nous
voudrions ſçavoir ſi elles ſont
jolies. Le Béarnois ſe mit à
chanter, & alors tout à coup
on entendit une des plus belles voix qu'il y eût au monde.
A ce chant les Dames s'entrere-
gardérent, leur ſurpriſe fut des
plus grandes. Après qu'il eut
fini ſa chanſon, il reprit le fil
de la converſation, mais ce
fut alors qu'ils s'exprima avec
dignité, tout ce qu'il diſoit
ſembloit travaillé, & étoit em-

C

belli de cet accent que les Dames exigeoient. Il y avoit des
Seigneurs qui étoient de ce repas , ils ne purent s'empêcher
de faire son éloge ; eh bien ,
mes Dames , dirent-ils , vous
avez crû vous jouer de Monsieur , mais c'est Monsieur qui
se joue de vous.

Les Dames de condition à
Paris brillent dans ces cercles
où se trouve réuni tout ce qui
s'appelle la gloire du monde.
Lorsqu'elles marchent , elles
se font porter la queue , elles
font résider dans le bout de
leurs robes beaucoup d'honneur : elles aiment les nouveautés , aussi bien que le spectacle,
& la conversation des jeunes
gens : S'ils sont peu avantagés
des biens de la Fortune , &
qu'ils soient beaux, jolis, bien

faits, elles les penſionnent, & leur donnent par ſurabondance quelques louis de tems en tems.

Les filles de l'Opéra ſont pernicieuſes au-delà de toute expreſſion, on riſque fort d'être dupe de leurs artifices, ſi on n'eſt toujours en garde ; leurs paroles choiſies & étudiées ont très ſouvent le don de perſuation : auſſi voit-on les Petits-Maîtres, les Fermiers Généraux, & bien d'autres qui donnent dans les Piéges qu'on leur tend. Pour prix de leur conduite, ils ne retirent qu'un tribut d'infidelités; elles les ruinent quelquefois par les préſens qu'elles en retirent, mais à la fin elles n'en ſont pas plus riches ; tout leur gain s'en eſt allé en rubans, en dentelles, en habits,

C ij

Ma plume va préſentement changer de ton, & tracer d'autres portraits.

Le tems eſt rarement tempéré à Paris, il y fait grand froid, ou grand chaud ; l'Hyver y eſt fort long, il eſt ordinairement compoſé de huit mois. La rigueur du froid y produit des fluxions de poitrine, auſſi fréquentes que dangereuſes ; comme le bois y eſt cher, on ne ſe chauffe que peu.

Les gens du commun y vivent frugalement, ils ne donnent point de repas à leurs meilleurs amis. Bacchus ne répand point ſon parfum à leur table, ils ne boivent que de l'eau de la Seine. Les riches & les Seigneurs, au contraire, tiennent table ouverte, où la magnificence ne plaît pas

moins que la propreté : un air
de grandeur, un excès de dé-
licateſſe, un jeu immodéré,
leur cauſent quelquefois la ruine.

Des gens de toutes parts ar-
rivent tous les jours à **Paris**,
comme les flots de la mer viennent pouſſés les uns ſur les autres ; les deux tiers de ſes habitans ſont des Provinciaux,
& le Pariſien de naiſſance eſt
preſque toujours Provincial
d'origine. S'il eſt un homme
qui y fait fortune, il y en a
mille qui y ſont traverſés, &
qui y gémiſſent toute la vie ſous
le poids de l'indigence.

Un homme à Paris qui eſt
mis avec diſtinction, peut s'in-
ſinuer dans les cercles les plus
fleuris, ſans que l'on s'informe
qui il eſt : On ne s'attache qu'à

son extérieur, tout le monde lui rit & l'honore : mais cesse-t'il de se montrer sous ce dé-hors flateur, on le méprise in-finiment , & on ne sçauroit l'accueillir fût-il d'un rare mé-rite. Ses amis même se feroient un deshonneur d'aller avec lui ; il est beaucoup de Laïques qui prennent le petit-collet, parce qu'on peut passer partout dans cette décoration, & il n'en coûte que peu.

Il est impossible de parvenir à Paris, si on n'a de beaux ha-bits : aussi est-il des gens qui tâchent de ne pas manquer de ce côté-là ; ils se donnent des habits de toute saison avec un seul habit qu'ils auront. A la fin de l'hyver, ils le vendent pour en acheter un de Prin-tems ; celui de Printems pour en avoir un d'Eté, & ainſi du reſte. Lorſqu'ils ont à faire des viſites à des perſonnes diſtinguées, & qu'ils déſirent être plus propres qu'à l'ordinaire, ils louent à la Fripperie des habits riches & d'un goût excellent : il eſt beaucoup de Bourgeois & même de gens de qualité qui ſe pourvoient à la Fripperie par un motif d'œconomie.

Paris eſt l'aſſemblage du bon & du mauvais, c'eſt le centre du bon goût, & en même-tems le centre du ridicule. Les Dames dans ce Pays achétent chérement les Meſſieurs ; un homme qui n'a qu'une profeſſion, trouve ordinairement en mariage un parti conſidérable.

La Cour de Verſailles eſt la plus belle & la plus auguſte

qu'il y ait au monde ; les Courtifans y font affables, & auffi
doux que les agnaux. Mais
font-ils à Paris, ils fe revan-
chent de bonne façon, on les
voit hautains, pleins d'enflu-
re, & brûlans de l'envie de
dominer ; il en eft quelques-uns
qui ne différent de leurs équipages, que par la figure hu-
maine.

Les Sçavans à Paris ne font
pas ceux qui parviennent le
mieux : il y a des gens qui
n'ayant d'autre fcience, que
celle de joindre un zéro avec
un chiffre, font des fortunes im-
menfes, tandis que des Docteurs demeurent dans la pouffiére. La Plupart des Financiers
font des gens qui fans fçavoir
un mot de Latin, ont trouvé

le fecret de parvenir ; il y en a parmi eux beaucoup qui ont été Laquais. Idolâtres de la Fortune, ils ne cherchent nuit & jour que les moyens de rendre de plus en plus leurs maifons floriffantes, de leur donner du luftre. La famine eft peinte fur leur front, ils font plongés dans une fi profonde rêverie, que quelques coups qu'on leur donne, on ne peut point les réveiller.

Les Académiciens n'habitent pas toujours le Parnaffe, ils quittent fouvent l'étude de l'Eloquence, leurs doigts fe défarment du compas de Defcartes, & de celui de Newton ; les jeunes beautés les attirent à leur cour. Dans la converfation ils font libres & enjoués, on diroit

qu'ils font faits pour la compagnie des Dames.

Plufieurs Auteurs font rede-
vables de leurs productions à la
tranquilité de leur ftomach,
ils fe réfugient au Parnaffe pour
fe mettre à couvert de la faim
qui les affiége. Le defir de la
gloire n'a en cela aucune part,
il s'en faut bien que leur intention foit de faire reverdir la
feuille du laurier d'Apollon
qui eft prefque fanée ; ils achétent fur le Quay des Auguftins
des vieux Livres, ils y ajoutent
quelques bagatelles, quelques
frivoles, & les donnent au public : mais ils ont fouvent le
défagrément de les voir tomber au fortir de la preffe, &
aller aux Beurrieres.

Les enfans de famille font
les beaux efprits dans les Caf-

fés , ils rient, ils plaifantent , ils prodiguent des hyperboles à la femme du Caffetier, afin d'avoir crédit chez eux. Pour fe diftinguer ils mettent quelquefois des Croix de S. Louis , & les Abbés des Croix de Chevaliers de Malthe.

Les Joueurs , qu'on appelle Pilliers d'Académie , font extrêmément fufpects : il en eft plufieurs qui font mariés, chargés de plufieurs enfans , & fans biens , cependant ils conduifent fi bien les chofes, qu'ils en gagnent au moins pour le nécefaire.

Les Abbés Parifiens frottent le coude avec le fexe le plus brillant, on les voit attentifs à gagner fes faveurs ; leurs démarches font marquées au coin du défordre , ils fuivent le chemin fleuri, mais trompeur que le monde trace.

Ces Abbés font d'une propreté enchantée, ils mettent de jolies manchettes, & des anneaux aux doigts ; ils ont aussi des habits de soye, & quelquefois une mouche auprès de la lévre pour la rendre vermeille. Ces pieux errans prennent adroitement les belles pour développer ce qui se passe dans leur caractére ; ils couvrent leurs discours sous des enveloppes ingénieuses, ils accumulent artifice sur artifice, & autant qu'ils sçavent les fonder, autant ils sçavent profiter de leur foible.

Lorsqu'un de ces Abbés aspire à quelque bénéfice, il suspend ses vices, & leur fait prendre le dehors de la vertu.

Il feint de tenir la route de l'empyrée, il se déchaine contre les grandeurs, il prêche la retraite au milieu des cercles, tout est artifice chez lui.

La promenade est du goût de ces Abbés, les Thuilleries sont leur département, où ils se montrent dans leurs beaux jours : les Moines aussi vont s'y promener, il en est plusieurs qui méritent des éloges, mais il en est beaucoup qui sont très déméritans. Ils parcourent les grandes allées, & donnent des coups d'œil gracieux aux Dames, ils y tiennent des discours qui ne sont pas à beaucoup près l'ouvrage de la réflexion. Comme ils aiment les mascarades, ils s'échappent quelquefois de leur Couvent pour aller danser au bal de l'Opéra.

leurs supérieurs ont beau veil-
ler à leur conduite, ils ne peuvent empêcher ces sorties.

Il seroit à souhaiter que tous
les partisans de la joye se re-
prochaffent d'eux-mêmes, &
qu'ils brisaffent le charme dont
ils font éblouis, ainsi que la
Comtesse de *... dont je vais
faire ci - après la Peinture,
& dont la conversion occa-
sionna celle de son mari.

La Comtesse dont je fais
l'histoire, étoit d'une excellente beauté, la nature avoit
versé sur elle à pleines mains
ses dons les plus précieux, il
sembloit qu'elle étoit une personne céleste tombée ici bas
par miracle. Des dons si rares
lui attirérent une Cour des plus
grandes, une foule de Petits-

Maîtres alloient fans cesse lui
rendre des honneurs ; vivement pourfuivie, elle fe prêta
pendant dix ans, à une extrême complaifance ; mais enfin
la raifon vint à fon fecours :
d'un côté elle confidéroit les
écueils qu'elle rencontroit,
d'un autre elle concevoit une
idée des avantages qu'elle re-
tireroit d'une fage conduite.
Elle auroit bien voulu fe rendre, mais elle ne pouvoit fe
réfoudre à quitter fes plaifirs ;
l'image de fes favoris alloit exciter dans fon efprit fes indif-
cretes inclinations, & le troubler au milieu de fes plus heu-
reufes réfolutions. Il s'élevoit
alors un grand combat en elle,
tantôt elle vouloit fe livrer aux
charmes de la vertu, tantôt

les maximes du monde l'arrê-
toient, & lui disputoient la
victoire. Elle balança six mois
à se déterminer ; mais un jour
étant seule dans sa chambre ,
elle se recueillit entierement
en elle - même ; ses réflexions
peignirent à ses yeux ses forfaits avec des couleurs les plus
vives, elle voyoit que ce qu'elle avoit fait , pouvoit lui faire
perdre le poids d'une gloire
immense. Ce spectacle la pé-
nétra d'une si vive douleur,
que ses yeux devinrent deux
fontaines de larmes, & pendant qu'elle pleuroit amére-
ment , il lui échappoit de tems
en tems , quelque parole sur sa
conduite. Son mari qui étoit
alors dans une chambre conti-
gue à la sienne , se mit à écouter ce qu'elle disoit, & après
que

que fa voix ne fe fit plus entendre, il alla s'enfermer dans
fa chambre pour réfléchir. Ma
femme, difoit-il, n'eft pas à
beaucoup près auffi coupable
que moi, fi elle a acquis le caractére d'infidélité & de perfidie, c'eft parce que je lui ai
donné l'exemple. Au lieu de
lui être un tréfor d'amitié, je
n'ai eu pour elle qu'une pure in-
différence; jouant à merveille
le rôle de Petit-Maître, je l'ai
laiffée en guerre à fes paffions,
& lui ai préferé les filles de l'O-
péra, à qui j'ai prodigué une
partie de mes biens. Il n'eft
pas furprenant qu'elle foit tombée, puifque je l'ai pouffée dans
un chemin gliffant, j'ai été la
caufe de fon malheur, de même que du mien. Auffi mon
cœur n'étoit jamais tranquille,

D

il étoit toujours flétri au milieu
des plaifirs, il ne fentoit pas
cette paix merveilleufe dont
on vante les appas. Ce furent
là les réflexions du Comte ;
comme fon defir étoit de devenir un Seigneur de la Cour
Célefte, il rompit les liens qui
l'attachoient au monde ; &
croyant de travailler plus fûre-
ment à fon bonheur s'il étoit
dans la retraite, il s'eft retiré
dans fon Château de * ... dont
la fituation eft très-belle ; car
il regarde fur de beaux jardins & des allés qui femblent
n'avoir point de bout. Les
unes fombres, les autres découvertes : Plufieurs Canaux
d'une eau vive & claire les ac-
compagnent jufqu'à l'entrée

* ...

d'une agréable prairie. La vûe
en est bornée par une forêt
sauvage, dont les arbres tou-
fus & serrés s'élevent d'une si
prodigieuse hauteur, que le
soleil en plein midi n'y rend
qu'autant de clarté, qu'il faut
pour se conduire. C'est là où le
Comte a fixé son séjour ; il fait
des austérités ses plaisirs, les
mets délicats, & les vins excellens sont exilés de sa table,
le pain, l'eau, & les racines
font toute sa nourriture. Il est
presque toujours en conversation avec l'intelligence souveraine, l'humilité a pris la place
de la fierté, la simplicité & la
modestie régnent dans ses habits, la libéralité n'a pour lui
que des appas : en un mot il
pése tout au poids du sanctuaire
de la vertu, & s'applique à

rendre le reste de sa vie un tissu de jours éclatans, pour devenir l'objet de la miséricorde du Ciel.

La Comtesse son épouse est à présent dans sa solitude de *... à cinquante lieues de Paris. Là elle passe la meilleure partie du tems dans le cabinet de son Auteur, avec qui elle s'entretient familierement. Ennemie de la superstition & des scrupules mal fondés, rien ne peut troubler la sérénité de l'esprit qu'elle a recouvrée, son cœur jouit d'un repos charmant. Quelques jours avant son départ, elle disoit, que je suis heureuse d'être revenue de mes folies! Je joignois l'or à l'éclat des pierreries, & composois de ma main les couleurs de mon visage. J'ai souhaité mille fois avoir dix mille livres de rente plus que je n'ai , afin de me donner deux chevaux de carosse de plus, & faire une plus belle figure. J'ai désiré mille fois être Duchesse; j'ai été enchantée des illusions de la Cour , il auroit mieux vallu pour moi avoir été dans une forêt. C'est à présent que je connois l'abus de tout cela , mes jours commencent à s'écouler agréablement, je traiterai sans ménagement mon corps , que j'ai voulu immortalifer à force de caresses. Mais que je plains mes amies , qui font dans de perpétuels égaremens , le jeu , la danse , le spectacle , font leurs occupations; elles font la proye des jeunes Seigneurs , qui font presque tous débauchés à Paris. Je les plains encore une fois, si elles ne s'attachent à leur attrait, & si elles ne rompent pour toujours avec ces Petits - Maîtres.

Si on réfléchissoit mûrement sur la conversion de ces époux, on reviendroit de ses égaremens. Un mari auroit de la tendresse pour sa femme, & elle auroit pour lui un beau retour. Ils bâtiroient au fond de leur cœur un Temple à la Vertu, le désintéressement seroit leur partage, ils se réjouiroient & loueroient la Providence dans l'infélicité, comme dans le bonheur : & après avoir accompli la loi de Dieu, ils iroient au séjour de la paix. Là il n'y a point de joye folâtre, des Ris indécens & démesurés,

des critiques, des équivoques.
Les intrigues de la politique,
les faux gages de probité, les
noirs foucis n'y habitent jamais. La guerre qui fe réjouit
de pleurs, & triomphe lorfqu'elle s'abreuve de fang, n'en
approche point, elle porte fon
théatre loin de ce lieu tranquille. Là on ne reffent point
les ardeurs du Soleil, ni les
rigueurs de l'Hyver, la tempête
& le vent n'y fouflent point,
il n'y a que férénité, charmes,
& délices. Là les habitans cé-
lébrent la victoire qu'ils ont
remportée fur le monde, la
chair, & le pere du menfonge.
Ce font autant de Rois, qui
chantent tous enfemble les
merveilles & les miféricordes
de Dieu, qui les a couronnés.

Quoique les uns foient élevés au-deſſus des autres, ils font tous parfaitement contens, ils partagent entre eux leur gloire & leur félicité ; leurs déſirs font remplis avec tant de plénitude, qu'il ne leur reſte rien plus à déſirer. Là ils font plus beaux que les aſtres du Matin ; la ſcience de toutes choſes leur eſt donnée. Ils voyent Dieu, non pas fous des ſignes obſcurs & fous des figures, mais clairement & à découvert ; & en le voyant, ils voyent la beauté même, & la fource de toutes les beautés qui font dans l'Univers. Ils l'aiment fans meſure, le poſſédent fans jamais le perdre, & fe trouvent intimement unis au fouverain bien.

Le

Il ne faut pas s'imaginer que le féjour de la paix foit loin de nous, il eft partout, parce que Dieu eft immenfe. La félicité parfaite confifte à voir Dieu, à l'aimer, & à être aimé de lui.

TITRE III.
De la Mode.

IL n'eft point de ville dans le monde où la mode ait autant de pouvoir qu'à Paris. Les plus âgés fe font propres & galans, ils fe coeffent avec des perruques blondes, afin de faire briller fur leurs vifages l'amour & la joye; ils fe perfuadent qu'une Belle les trouvera rajeunis fous cette parure magnifique.

On ne fçauroit exprimer la

E

paſſion que les femmes à Paris
ont pour la Mode ; quand leurs
garderobes ſeroient des mieux
fournies, dès que la mode change , il faut avoir des robes
nouvelles. Rien ne leur coute
pour ces ſortes d'acquiſitions ,
elles veulent briller à quelque
prix que ce ſoit, leur intention
eſt de plaire à elles-mêmes , &
encore plus aux autres.

Une Pariſienne auroit moins
de peine à reſter deux mois en-
fermée chez elle , qu'à paroître un inſtant en public ſans
être parée. Comme l'orgueil
eſt le premier attribut de ſon
caractére , elle ſe croiroit deſ-
honorée, ſi elle n'avoit les ornemens de la parure. Auſſi
avant de ſortir de ſa toilette,
examine-t-elle ſi ſa robe eſt
rangée ſous les loix de la bon-

ne grace, fi fes cheveux ont des agrémens. Elle regarde une joue; elle eft colorée & embellie, dit-elle, à fa Femme de Chambre, l'artifice y fait un effet merveilleux. Enfuite elle examine l'autre, celle-cy n'eft pas de mon goût, le rouge n'y eft pas bien mis, je vous recommande de l'appliquer avec délicateffe. Après que cettte joue a reçue tous les dégrés de beauté que l'art peut donner, la Belle étudie à une glace fes regards & fon attitude, elle compofe des revérences, & leur donne un air de grandeur.

La Mode veut encore à Paris que les femmes étudient des tours d'efprit, elles apprénent de tems en tems quelques phrafes ingénieufes; & lorf-

qu'elles les débitent, c'eſt avec
des manieres gracieuſes, capables de leur donner des reliefs.
C'eſt à la faveur de tout cela,
qu'elles eſpérent de devenir
Reines des volontés. Les ſitua-
tions qu'elles riſquent, ne laiſ-
ſent pas d'avoir du ſuccès, il
ſe trouve des gens qui ſe rendent à leurs amorces. Cependant ils ſe piquent d'avoir
beaucop d'eſprit, & de réfléchir murement. Mais eſt-ce
avoir de l'eſprit de ſe livrer
à un vice qui ouvre la porte à
tous les crimes, d'échouer contre le plus fameux écueil, de
préférer les remords aux plaiſ-
ſirs de la paix, de s'écarter du
chemin qui méne à la Cour Cé-
leſte ? Ce n'eſt pas en ſe com-
portant ainſi qu'on doit croire

mériter le titre de bel efprit ;
un homme qui eft doué de cet
avantage, prend la raifon pour
régle de fon cœur, il voit que
c'eft du férieux, il s'agit du falut
qui eft le feul néceffaire ; auffi
travaille-t-il à fe rendre véritablement heureux : il fe conduit
fans bigoterie, fans fuperfti-
tion, il eft attentif à accorder
l'efprit & le cœur, à les pacifier:
ce n'eft pas qu'il doive être fans
paffions, il fuffit qu'il foit homme pour qu'il en ait : mais c'eft
qu'il en doit triompher. Les
premiers pas qu'on fait pour acquérir la vertu, font difficiles,
mais auffi quand on a remporté
une premiere victoire, on par-
vient à une feconde, cette feconde conduit à une troifiéme,
& en peu de tems on fe voit

maître de soi-même, & alors
on jouit de la paix.

Je retombe sur le compte des
Parisiennes : les Romans sont
parmi elles fort à la mode, les
Colporteurs ont soin de les en
fournir. Comme elles croyent
avoir de plus grands attraits,
elles les apportent aux Thuilleries, & au Luxembourg,
elles les regardent comme un
ornement capable d'augmen-
ter leur réputation. Les pré-
sens sont pour elles d'un goût
charmant : les tabatieres, les
dentelles, les rubans sont encore à la mode. Ah ! le galant homme, dit une de ces
Dames à son nouvel amant,
vous êtes d'un mérite distin-
gué, vous joignez à une phi-
sionomie heureuse, un esprit
aussi grand que judicieux ; je

dois vous le dire, je vous estime infiniment parce que vous
le méritez, vous portez sur
votre front les caractéres les
moins équivoques d'un homme
généreux. C'est ainsi qu'en dif-
tribuant de l'encens par ce difcours flateur , on se laisse en-
dormir , on ouvre la porte aux
préfens , on est forcé de con-
tinuer, en s'endette, & on se
ruine.

La Mode à Paris est de se
refuser à la régle de la verité,
& de se conduire par déguise-
ment , politique , & perfidie.
De bruler de la soif de l'or , &
de mettre son ame à prix pour
se le procurer. On ufe de toutes les feintes , de toutes les
subtilités , pour arriver à de
nobles employs, à des postes
d'honneur. On Bâtit des Châ-

teaux en Espagne, on passe en tremblant les matinées dans des anti - chambres, on fait milles bassesses; & qu'arrive-t-il souvent de tout cela, c'est qu'un homme aura passé presque toute sa vie à faire des projets sans que pas un lui ait réussi ; il employe ses derniers momens à se plaindre, & à regretter le tems qu'il a si mal employé.

A l'égard des ouvrages d'esprit, on préfere toujours les plus nouveaux, & surtout ceux qui ont un air de singularité ; c'est-à-dire, des ouvrages où il n'y a point des *car*, des *mais*, ni des *&* ; où les phrases sont coupées, où les tours manquent de clarté. Voilà encore ce qu'exige la Mode, elle étend ainsi depuis quelque tems son

empire fur le Parnaffe. Tout
le monde à Paris veut avoir de
l'efprit; il eft tel homme qui ne
fçaura point lire , qui juge du
mérite des Livres, & critique
les Prédicateurs. Pour faire le
Philofophe , il foutiendra que
la Lune eft la caufe du flux &
du reflux de la Mer; que la Terre
tourne , & que le Soleil eft immobile. Les jeunes gens dans
les Caffés, dans les Auberges ,
difcourent fur des matieres qui
font au-delà de leur portée, &
qu'ils n'ont jamais étudiées.
Leurs difcours font des plus
pitoyables; ils battent la cam-
pagne, ils enjambent queftion
fur queftion, & difent des chofes qui n'ont aucun rapport à
l'objet principal. On ne voit
pas en eux cette douceur, cette
condefcendance, cet amour

de céder, qui rendent aimable.
Mais ils foutiennent leurs fentimens avec feu, ils fe déchaî-
nent les uns contre les autres,
& ils s'échauffent fouvent au
point, que de mettre l'épée à
la main.

La Galanterie, fous les auf-
pices de la Mode, a porté fon
théâtre chez les Abbés Parifiens. Les Bénéficiers & les
Riches partagent leurs reve-
nus avec les Belles, & leur donnent des équipages. Toujours
frifés, poudrés, galans, ils s'é-
tudient à leur plaire ; le rabat
eft mis à terre fort fouvent,
ils endoffent des habits galonnés, & vont, l'épée au côté,
à la Comédie & à l'Opera.
Ceux, dont les facultés font
bornées, ne laiffent pas encore
de divertir leurs Maitreffes; ils

les font venir chez eux fous le
nom de parantes , & les réga-
lent de colifichets , de confi-
tures , de friandifes , de vins ,
de liqueurs. Loin d'aller où le
devoir les appelle , ils fuivent
de point en point toutes les
maximes du fiécle.

Les Parifiens ne confidé-
rent les gens qu'en vûe de leur
fortune , les biens font la clé
de leur eftime. Ils mefurent l'efprit, la fcience, & le mérite au
Louis d'or. Ce peuple eft fad ,
glorieux, inconftant, léger ,
amateur des nouveautés.

Les Sciences fervent beaucoup pour délivrer la raifon
du joug qui la tient en efclava-
ge , on devroit s'y appliquer
férieufement ; mais la plupart
des Riches & des nobles à Paris ne donnent point dans ce

parti falutaire , & cela pour
obéir à la Mode. Ils ne font
occupés que du foin de leurs fri-
fures , de fréquenter les promenades , de chanter , de fif-
fler , de danfer , de paffer la
nuit au jeu & à la débauche

L'amour du bonheur de-
vroit engager tous les hommes
à faire des réflexions fur leur
conduite , & a s'addonner à
l'étude des chofes Céleftes ; ce
feroit là des moyens d'acquérir la fageffe ; ils apprendroient
que les plus agréables à Dieu ,
font ceux qui ont du goût pour
la pureté , & déclarent la guerre aux inclinations de la nature. Qu'il ne faut point fou-
haiter les honneurs ni les biens,
que ces defirs importuns trou-
blent le repos & la férénité de
l'efprit ; que la fatisfaction vaut

plus que tous les tréfors de l'U-
nivers. Ils apprendroient qu'il
n'y a point de gloire dans le
monde, que la Nobleffe eft une
chimére ; que ces grandeurs,
ces diftinctions qui régnent
dans les Cours, paffent comme un vent, & ne font qu'illufion. Qu'un Maître ne doit
pas fe croire plus que fon Do-
meftique, puifque la mort rend
tous les hommes égaux. Un
Empereur & un Général d'armée ne fontpas plus qu'un Savetier & qu'un Laquais, quand
ils font tous quatre couchés
fous la terre. En un mot, ils
apprendroient qu'ils font tenus
de fuivre le bien de la raifon
fans lequel ils ne font pas hommes ; qu'ils doivent adreffer
toutes leurs actions à leurs fins
légitimes, & à la gloire de leur

Auteur, pour lequel ils ont été faits. Ce seroit ainsi qu'ils seroient excités à concevoir de l'amour pour la sagesse. L'Esprit donneroit la loy au corps, & le corps la recevroit avec docilité. Le désintéressement, qui est un charme dans la vie, auroit pour eux des attraits. Les Riches se feroient un plaisir de donner, les Maîtres traiteroient avec douceur leurs sujets, les Nobles ne mépriseroient pas les Roturiers, les grands serviroient de beaux modéles, & ne donneroient pas, comme ils font, de mauvais exemples. Ce seroit alors qu'ils feroient tous estimés des honnêtes gens ; les louanges qu'ils recevroient de leur part, ne feroient que comme un écho de celles que Dieu leur donneroit en même - tems : ils iroient au féjour de la paix par un chemin parfemé de rofes.

TITRE IV.

Des Petits - Maîtres.

LES Petits - Maîtres font des agrémens des Dames leur félicité ; ils les fuivent au Bal, à la Comédie, au Luxembourg, aux Thuilleries, au Cours-la-Reine, & au bois de Boulogne.

Ces Héros de la galanterie tâchent de fe donner des appas ; croyant d'embellir leurs vifages, ils les lavent d'une liqueur diftillée, & d'une eau délicate. Ils fe procurent, s'il leur en faut, des mollets de

ambe, & des tours de che-
veux postiches. Comme ils
veulent passer pour des gens
de mérite, ils s'appliquent à in-
venter des modes, ils regardent ces inventions comme des
exploits dignes d'être enregis-
trés par une plume d'or.

Lorsqu'ils ont quelque chose de curieux à montrer, qui
puisse leur attirer les louanges
des belles, ils vont au spectacle. Là ils examinent les Dames à la faveur des lorgnettes,
ce sont eux qui observent leur
parure, & décident de leur
caractére. Celle que nous exa-
minons présentement, disent-
ils, est fort bien mise, elle est
jolie, & a l'air spirituel. Sa
voisine, poursuivent-ils, a des
intrigues galantes; sa robe auroit été ce matin charmante,

&

& de bon goût, mais à préfent elle eſt des plus défagréables, parce que la mode a changé depuis midi. Voilà à peu près l'entretien ordinaire des Petits - Maîtres, il n'eſt pas une femme qui ne paſſe en revûe devant eux.

Le Spectacle eſt l'écueil de la jeuneſſe, outre les fréquentes occaſions qu'on y trouve, les diſcours des Comédiens gâtent l'eſprit, & corrompent le cœur. Lorſqu'un Petit - Maître y voit une Belle, dont il envie la conquête, il tâche de faire connoiſſance. Peu de jours ſe paſſent ſans lui expliquer ſes intentions ; s'il trouve une certaine réſiſtance, il ſe rebute, s'il vient à la réduire, il la quitte bien - tôt après.

F

Les occupations du Petit-
Maître font des plus férieufes;
il fe préfente parfumé d'ef-
fenfe de jafmin auprès des Dames, il leur prodigue les noms
d'Aurore & du Soleil ; il met
tout en ufage pour les divertir;
il prend un Livre déffendu ,
& en lit quelques pages tout
haut ; lorfqu'il trouve un mot
indifcret, un tour galant, une
faillie folle , tóute la compagnie en rit. Pour varier les
plaifirs trompeurs , le Petit-
Maître quitte cette lecture frivole , il prend un Violon, &
joue quelques beaux menuets.
Tantôt il chante , il danfe , il
rit, il badine, mord la levre,
ramage trois ou quatre mots.
Tantôt il parle de feftins, de
balets, de politique , d'artifice , de dignité , de grandeur ,

de gloire. Quelque fois il publie fes avantures, il découvre les fecrets les plus odieux. Une autrefois il fait l'homme d'esprit, il peint fes talens, fon mérite, pour quelques phrafes jolies qu'il fçait il fe croit l'homme de France le plus fçavant.

Le Petit-Maître n'a d'autre objet que de multiplier fes exploits amoureux, il députe un Courrier pour Paris, afin de lui procurer des beautés par l'appas des richeffes. D'abord que celui-ci en a féduit quelqu'une, il va en inftruire fon maître, qui fe réjouit de cette nouvelle: en même-tems il fait atteler fes courfiers, il entre dans fon caroffe peint de mille couleurs, pour aller voir l'objet dont on lui à fait le portrait.

Le défordre du Petit-Maî-

tre va juſqu'à un point incom-
préhenſible. Quelque Expert
que ſoit ſon Valet-de-Cham-
bre pour le coeffer, il ne s'en
contente pas, il ſe fait ſouvent
accommoder par un des plus
habiles Perruquiers de Paris,
ou du moins qui jouit de cette
réputation. Les Dames de
condition auſſi font conſtruire
par un excellent Ouvrier, l'é-
difice de leurs cheveux les
grandes fêtes : & quand un
Ambaſſadeur fait ſon entrée à
Verſailles. Ce que j'ai dit, &
ce que je dirai ſur leur compte,
ne doit point influer ſur le particulier ; je n'entends combattre que le général ; je ſçai qu'il
y a parmi elles des aſtres, les
plus illuſtres & les plus rares
vertus ſont tracées dans leurs
ames.

Je reviens au Petit-Maître.
Le talent de se multiplier &
de se produire partout lui est
réservé; sa curiosité le met toujours en mouvement, il veut
sçavoir tout ce qui se passe au
dedans & au déhors : aussi le
voit-on dans toutes les assem-
blées publiques, où il se produit d'une maniere surprenan-
te. Va-t-on au Palais Royal,
aux Thuilleries, on l'y trouve.
Va-t-on au Luxembourg, au
Jardin du Roi, on l'y rencontre également. Sçait-il qu'il y
ait des bals aux quatre extré-
mités de Paris, il trouve aussi
le secret de s'y rendre; cela ne
l'empêchera pourtant pas d'aller à la Comédie, & à l'Opéra;
il divise si bien les instans, il
partage son tems avec un art
si merveilleux, qu'il se produit

partout ; il eſt un peu de tems
dans un endroit , & un peu
dans un autre. Enfin il ſe mul-
tiplie d'une façon ſurprenante,
ſon eſprit léger ne lui permet
point de reſter tranquille.

La métamorphoſe eſt enco-
re du reſſort du Petit-Maître,
il change deux ou trois fois le
jour d'habits de différentes
couleurs, & toujours d'un goût
galant. Il fait ajuſter ſes cheveux dans des goûts variés &
badins. Il a auſſi l'attention
d'avoir des équipages rians,
ſes courſiers ſont ornés de rubans & de guirlandes, afin d'a-
noncer la galanterie de leur
Maître.

Le Palais Royal eſt le rendez-vous des Petits-Maîtres,
on les y voit gays, joyeux, ils
médiſent de tous les objets qui

se présentent à leurs yeux. Voilà, dit l'un, la Marquise avec le
Comte, je suis persuadé qu'il
y a entre eux de l'intrigue ;
mais elle ne subsistera pas long-
tems, le Comte est des plus
volages. Il étoit mardi à l'O-
péra, il y battit la caisse, &
au second coup de baguette,
il se trouva au milieu de dix
Actrices. Un autre s'écrie, ha,
que la Duchesse est magnifique!
sa robe est d'un grand goût ;
ma foi elle veut bien se faire
des amans : mais que dis-je,
il n'est pas une Dame ici qui ne
soit piquée d'un semblable desir, elles sont toutes à l'envi à
qui gagnera plus de cœurs : le
teint artificiel, la parure étu-
diée, l'air folâtre qu'elles ont,
sont des preuves de ce que je
dis. C'est ainsi que les Petits-

Maîtres critiquent la fageffe des Dames ; ils englobent les plus modeftes dans leurs arrêts, & les condamnent fans retour.

Tout le monde fçait que le déguifement eft le talent du Petit - Maître ; il trahit fans ceffe les fentimens de fon cœur, l'yronie eft chez lui en ufage. Il y a un mois ou environ qu'un Petit-Maître trouva aux Thuilleries en belle compagnie la Marquife de * .... dont il fe difoit bon ami ; comme elle étoit dans un âge fort avancé, & dépourvûe de graces, il fe mit à lui dire, Madame, vous avez un air de fraîcheur, & un teint charmant ; on diroit à vous voir que vous n'avez pas plus de quinze ans,

* . . .

une jeuneſſe vive & féconde en plaiſirs eſt peinte ſur votre viſage : mais ce qui me charme davantage, c'eſt de voir vos belles dents, elles ſont plus blanches que l'albaſtre. Voila un coup ſenſible pour la Marquiſe, elle devint toute interdite, & ne ſçut que répondre à ce diſcours moqueur. Elle avoit plus de quatre – vingt ans, & ſon viſage étoit tout ridé ; elle n'avoit d'ailleurs aucunes dents, il y avoit long-tems qu'elle les avoit perdues. Ce qui la fachoit le plus, c'étoit par rapport à la compagnie, qui ne laiſſa pas de prendre plaiſir.

Le Petit-Maître eſt animé du deſir de briller, ſi on l'en croit c'eſt un eſprit fin & délié, un homme qui poſſéde les ri-

G

cheffes du génie, les tréfors
de la raifon. Et comme il croit
que pour jouir de cette réputation, il eft à propos de faire éclater fes lumieres, il s'é-
rige en Cenfeur. Lorfqu'il ap-
prend qu'un fameux Prédica-
teur doit prêcher, il fe rend
à l'Eglife pour le critiquer, il
dit à ceux qui font près de lui,
qu'il n'a point le talent de la
compofition, fon difcours n'eft
pas coulant ni fleuri, les ornemens & les graces de l'art ne
s'y trouvent point.

Le Petit - Maître eft un
homme qui ne fçait qu'un certain nombre de phrafes, il en
fçait entre'autres deux fpiri-
tuelles, qui font la clé de toutes les décifions ; à leur faveur
il réfout toutes les queftions
qu'on lui fait, voici qu'elles

font ces phrases qui ont tant de pouvoir.

Ce n'est pas douteux,
c'est tout simple.

Un homme doit-il remplir son cabinet de tableaux qui n'ont point de noblesse de composition, préferer les colifichets des Lancrets & des Vateaux, aux ouvrages parfaits des Raphaels & des Titiens, des Tintorets & des Carraches? Le Petit-Maître vous répondra

Ce n'est pas douteux,
c'est tout simple.

Un autre doit-il condamner, sans les avoir jamais lûs, les Zénons, les Arioftes, les Zénophonts, les Démofténes; regarder comme des diseurs de rien les Pythagores, les Ariftotes, les Socrates, les Pla-

G ij

tons, les Gaſſendis, les Male-
branches ? Il répondra encore

Ce n'eſt pas douteux,
c'eſt tout ſimple.

Un Petit - Maître doit-il
mettre au rang des génies médiocres les Patrus, les Fene-
lons, les Boſſuets, les Bour-
daloues ? Avoir une eſpéce de
mépris pour les Racines, les
Deſpréaux, parce qu'ils commencent à ſentir le vieux tems?
Faire conſiſter le caractére de
l'eſprit dans un aſſemblage de
paroles, qui ne rendent que
des ſons.

Ce n'eſt pas douteux,
c'eſt tout ſimple.

Doit-il avoir en averſion l'é-
tude des Belles Lettres ? Em-
ployer ſon tems aux Ballets,
aux Maſcarades, aux Comé-
dies, aux promenades ? En-

nuyer tous ceux qui l'écoutent du récit de ses avantures ? Se croire un bel esprit ?

Ce n'est pas douteux,
c'est tout simple.

Un Petit-Maître doit-il rêver sur la mode, casser à ce sujet, la cervelle des Tailleurs ? Etre un fad ? Aller à l'Opéra pour y battre la caisse, & attrouper les filles ? Passer la nuit dans la débauche, & ne se retirer qu'à six heures du matin ?

Ce n'est pas douteux,
c'est tout simple.

Doit-il faire des pensions à ses maitresses, leur donner des équipages ? Avoir des habits galonnés en plein, & des carosses superbes ? Dépenser par an vingt mille écus plus que son revenu ? Contracter une infinité de dettes, & ne

payer jamais ? Il répondra encore & toujours sans se lasser
Ce n'est pas douteux,
c'est tout simple.

Le Petit-Maître met toute
sa gloire à persécuter la vertu,
il lui fait sans cesse la guerre,
il invite tous ceux qu'il connoit
à se plonger dans sa débauche. Un Comte Polonois,
dont la sagesse présidoit aux
démarches, fit, il y a quelque
tems, un voyage à Paris pour
en considérer la beauté & la
magnificence : pendant qu'il y
goûtoit les douceurs innocen-
tes d'un divertissement com-
plet, il fit connoissance avec
le Marquis de * . . . qui étoit
un Petit-Maître des plus carac-
térisés ; il fut un jour pour diner chez lui, il étoit une heu-
* . . . .

re après midi lorsqu'il y arriva.
Vous voilà donc, Comte,
lui dit le Marquis, en l'apper-
cevant, je ne fais que de me
lever, j'étois au bal de l'Opéra
avec la duchesse de * .... &
je ne me suis retiré que ce matin. Ma foi c'est une assemblée
qui fournit d'honnêtes femmes,
à la faveur des masques on se
donne bien des libertés. Vous
ruinez votre santé, répondit
le Comte, mais vous regret-
terez un jour de l'avoir prodiguée, c'est un trésor d'un
prix inestimable. Que voulez-
vous cher Polonois, répondit
le Marquis, mes réflexions ne
sont pas aussi profondes que les
votres, je me laisse aller à mes
inclinations. Vous n'y pensez-
pas, répondit le Comte, de
   * ...

G iiij

mener une semblable vie, il
devroit y avoir un peu de Phi-
losophie dans votre conduite.
Vous me surprenez, repliqua le
Marquis, je ne vous croyois
pas, à beaucoup près, dévot,
mais je vous conseille de mar-
cher sur mes traces. Il seroit
mal aisé, continua - t - il, de
trouver à Paris des gens qui
pensent comme vous, presque
tous donnent dans le parti qui
favorise leurs desirs. En finis-
sant ces mots, il donna ordre
de servir à diner, il fut exac-
tement obéi, & un moment
après on se mit à table. La ché-
re étoit magnifique, & les mets
fins & délicats. Le Marquis
pendant le repas fit rouler la
conversation sur la galanterie
des jeunes Conseillers au Par-
lement, qui sont plus assidus

aux fpectacles qu'aux fermons;
& ont plus de goût pour lire
les Romans que le Digefte &
le Code. Certains Prélats ne
furent point épargnés, il tra-
cea leurs portraits, & fit voir
qu'ils étoient indignes de porter leur augufte caractére. Il
n'oublia pas non plus les Académiciens dont il parla très-
défavantageufement, enfuite
il pria le Comte de lui faire
l'honneur d'aller avec lui pendant la journée. Le Comte auroit bien voulu éluder la demande, mais il fut victime de
fa politeffe, il eut la complaifance de le fuivre, le Petit-
Maître l'amena chez la Préfi-
dente de * . . . ils y trouvérent
un beau cercle de Dames ;
après quelques révérences, &

* . . .

quelques coups d'œil de part &
d'autre, le Petit-Maître leur
dit, voici, mes Dames, un
Seigneur Polonois que je vous
préfente, c'eft un homme pieux,
fa façon de vivre eft extrémement éloignée de la mienne.
Ah, la chofe extraordinaire!
dirent les Dames, d'un air fur-
pris, fe peut-il bien que Monfieur fe conduife avec tant de
délicateffe, voilà un exémple
bien rare : en même-tems elles
lui firent un fouris plein de
graces, & fe mirent à chanter
un Opéra. Après quoi le Petit-
Maître fortit précipitamment
avec le Comte ; dès qu'ils furent dans le caroffe, il lui demanda ce qu'il penfoit de ces
Dames, elles ne me paroiffent
pas des plus modeftes, répondit le Comte, le langage in-

difcret qu'elles ont tenu me fournit une réflexion fatyri-que fur leur conduite. Vous donnez dans le vrai, répondit le Petit-Maître, elles ont de la complaifance & de l'intri-gue. Je ne croyois pourtant pas, répliqua le Comte, que telles fuffent dans votre Pays les mœurs des Dames de qua-lité, je m'étois figuré qu'elles étoient d'un autre caractére. Vous vous trompiez fort, ré-pliqua le Petit - Maître, elles n'ont d'autre loi que celle que le goût dicte: leur ame fe laiffe éblouir par le feu brillant du monde, leurs cœurs font fi épris de l'amour des richeffes, qu'elles font prêtes à périr pour fe les procurer. Il n'en eft pas une à la Cour qui ne defire ar-demment féduire la vertu du

Prince, comptez, Monſieur,
là-deſſus ſur ma Parole.

Le Petit - Maître n'eut pas
plutôt fini cette inſtruction,
qu'il arriva chez la Ducheſſe
de *.... auſſi-tôt une nouvelle
gayeté ſe répandit ſur ſon viſage, tout reſſentoit en lui l'en-
joué, & le débauché. Bonjour,
belle Ducheſſe, lui dit-il, je
viens ici pour avoir le plaiſir
de vous voir, votre ſanté me
paroît brillante, je ſuis char-
mé qu'elle ſe ſoutienne toujours dans ſa perfection. Eh
bien que nous compterez-vous
de nouveau? Y a-t-il long-
tems que vous n'avez vû le Ma-
rêchal de **...? J'étois Di-
manche à la Comédie Italienne avec lui, nous parlâmes
   *...
   **...

beaucoup fur votre compte, je lui dis que je concevois de l'inclination pour vous, il ne me parut pas fâché de ce que je lui avouai ; je penfe que c'eft un volage. A peine eut-il fini ce difcours qu'il n'attendit pas qu'on lui fit aucune réponfe, il s'adreffa à la Comteffe de *.... Vous voilà donc, s'écria-t-il, chere Comteffe, je me réjouis de vous voir, nous danferons s'il vous plaît un menuet, car il y a long-tems que je n'ai pas eu l'honneur de mener un branle avec vous. Cela ne fe peut pas, répondit la Comteffe, puifque nous n'avons ni flute, ni violon, ni aucun autre inftrument. Que cela ne vous embarraffe pas, repliqua-t-il, je fçais bien fifler, & cela nous tiendra lieu

*....

d'un violon. Auffitôt il enton-
na un air, il fiffla mélodieufe-
ment & avec affectation, & ils
danférent. Après cette belle
opération, le Petit-Maître re-
mercia la Comteffe de fes com-
plaifances, il la paya de trois
ou quatre regards flateurs, &
puis il fe retira ; il amena le
Comte au Palais Royal, ils n'y
trouvérent prefque perfonne ;
allons aux Thuilleries, nous
aurons le plaifir de voir beaucoup de monde. Il fallut encore
obéir ; en y arrivant le Soleil
étoit couché dans une nuë
tranfparente, & peignoit le
Ciel d'une infinité de couleurs,
& cette lumiere rendoit les
Thuilleries toutes riantes.
Comme ils paffoient par la
grande allée, il y avoit des
Dames affifes qui lorgnoient,

& se donnoient des secousses.
Le Comte demanda au Petit-
Maître pourquoi elles faisoient
ce manége ; ces Dames que
vous voyez, lui répondit-il ,
critiquent la parure de cette
femme qui marche devant
nous , vous devez sçavoir ,
Monsieur , continua-t-il, que
les Dames ici ne s'entretiennent que de robes , de coeffu-
res , de dentelles , de rubans ,
de mouches, voilà leur sérieuse
conversation. La Lorgnette
est fort à la mode parmi elles ,
elles sont très curieuses , & de-
sirent voir de loin. En finis-
sant cette instruction , & en-
trant dans une autre allée , le
Comte apperçut une Dame
qui marchoit sur le gazon avec
un Livre à la main , tantôt elle
minaudoit agréablement avec

ce Livre, tantôt elle fembloit le Livre attentivement. Il pria le Petit-Maître de lui dire pourquoi cette Dame agiſſoit de cette façon, c'eſt pour attirer fur elle, répondit-il, les yeux de ceux qui fe proménent, elle tient en main un Roman. Les Hiſtoires Galantes, ajouta-t-il, font de leur goût, elles apprennent les intrigues des autres pour régler les leurs. Dans ce moment il paſſa deux Abbés qui les faluerent ; le Petit-Maître dit au Comte, le plus jeune de ces Abbés qui n'a que la Tonfure, eſt fur le point de jetter le froc aux orties ; il n'avoit pris le petit-collet, que parce qu'on lui avoit donné un Bénéfice. L'autre eſt pour le moins auſſi débordé que nos Académiciens ;

Académiciens ; un matin que je me retirois, je le trouvai fur le Pont-Neuf, il me dit qu'il venoit d'un bal, qui s'é-toit donné au Faubourg faint Germain. Cependant l'envie prit au Petit-Maître de fe re-pofer, il fut s'afféoir avec le Comte fous un agréable feuil-lage. Là voulant fe diftinguer par fon génie, il entamea un fentiment Philofophique qu'il fçavoit depuis long-tems. Rien n'auroit eû d'action dans le monde, difoit-il, fi le Créa-teur n'avoit mis au Firmament le Soleil pour remuer toutes les chofes crées par fon mou-vement continuel ; il foute-noit aussi que la Nature tom-beroit en foudaine paralyfie, fi cet aftre devenoit immobile. Mais, Monfieur, lui répondit

H

le Comte, l'armée des Hebreux combattoit avec force contre les Mohabites, dans le tems que le Soleil fut arrêté dans sa courfe par le commandement de Jofué ; ma foi, repartit-il, je n'en fçai rien, c'eft pouffer la matiere un peu trop loin, changeons, je vous prie, de théfe ; qu'eft-ce que vous dites de notre ame ? Eft-elle fpirituelle ou matérielle ? Elle eft fpirituelle, répondit le Comte, & on n'en peut douter fans crime. Pour moi, répliqua le Petit-Maître, je n'allambique pas ordinairement mon efprit de ces chofes, néamoins je ferois bien aife de fçavoir votre fentiment là-deffus. Je vous dirai donc, Monfieur, reprit le Comte, que l'ame eft une fubftance fpirituelle, qui exifte

indépendemment du corps. Je
demande à moi-même si je suis
dans la joye, ou dans la trif-
teffe, & je me rends compte
de la fituation où je me trouve.
Je fçai diftinguer le plaifir d'a-
vec la douleur, la joye d'avec
la triftefle ; cette connoiffan-
ce, ce difcernement, cette dif-
tinction, font des qualités fpi-
rituelles ; elles ne font point
dans le corps, parce qu'elles
peuvent être fans lui. Un Soldat à qui on a coupé autrefois
le pied ou la main, rapporte un
fentiment de douleur à ce pied
ou à cette main qu'il n'a pas ;
ainfi la douleur & la connoif-
fance de la douleur peuvent
être fans le corps, & par une
fuite néceffaire, il faut qu'elles
foient dans une fubftance fpirituelle, qui exifte indépendemment de lui   H ij

On voit évidemment, con-
tinua-t-il, que l'ame eſt ſpirituelle, ſes opérations ſont toutes ſublimes ; elle penſe, elle
aſſemble ſes penſées, & en tire
de juſtes conſéquences. Elle
raiſonne ſur ce qui n'eſt point
matiere, & qui ne tombe point
ſous les ſens. Elle a l'idée de
Dieu & de ſes divins attributs;
elle a une connoiſſance d'elle-
même, de ſes penſées, & des
vertus humaines. Elle connoît
la force des termes, l'égalité
ou l'inégalité des raiſons ; elle
ſe rappelle le paſſé, & prévoit
l'avenir ; elle fait venir dans
un inſtant l'Univers chez elle
pour le conſidérer. Mais ſi elle
n'étoit point ſpirituelle, ſes
opérations ſeroient-elles ſi ſublimes & ſi admirables ? Auroit - elle l'idée des choſes qui

n'ont aucun caractére de matiére ? Júgeroit-elle ? Raison-
neroit-elle ? Voudroit - elle ?
Sentiroit-elle ? Et se connoi-
troit-elle ? Ce sont là des quali-
lités & des opérations qui n'appartiennent qu'à un sujet spirituel.

Pour être convaincu que
l'ame est spirituelle, il ne faut
que considérer, qu'elle a une
infinité de sentimens, de plaisir ou de douleur à l'occasion
de divers objets & des organes. Il faut nécessairement que
ces sentimens soient en elle,
& qu'elle soit simple & indivi-
sible, autrement elle n'en pourroit faire la différence, ni
connoitre le dégré du plaisir
ou de la douleur qui s'excite en
elle. Si ces sentimens étoient
distribués dans les diverses

parties de l'ame, mon ame ne
feroit pas plus compétente
pour en juger, qu'elle l'eſt pour
décider de ſes propres ſentimens, & de ceux d'un autre
homme. Or mon ame eſt in-
ſuffiſante pour cela, elle ne
ſçait pas ſi elle goûte plus de
plaiſir, ou reſſent plus de douleur que l'ame d'un autre homme, & c'eſt pour cette raiſon
qu'elle ne le ſçait pas, parce
qu'elle eſt différente de l'ame
d'un autre homme. Ainſi ſi
mon ame juge de mes ſentimens, & en fait la différence,
comme il eſt certain, ces ſentimens ne peuvent pas être
dans les diverſes parties de l'a-
me, mais ils ſont dans une
ame ſimple, indiviſible, &
ſpirituelle.

D'ailleurs l'ame qui penſe,

eſt ſpirituelle, ſi la matiere ne
penſe point. Mais comment le
feroit-elle ? Auroit-elle la penſée de ſa nature, ou de ſes modes ? Non de ſa nature, parce
que les pierres, les plantes, les
fleurs, & toute autre matiere
penſeroit, ce qui eſt faux. La
penſée ne coule pas non plus
de ſes modes, qui ſont le mouvement, le repos, la ſituation,
la figure & la grandeur des
parties. Premierement on ne
peut pas expliquer la penſée
par tous ces modes pris enſemble, parce qu'on ne peut pas
concilier le mouvement & le
repos dans la même portion de
matiere. Secondement on ne
peut pas l'expliquer par chaque mode pris en particulier,
parce que n'ayant pas la penſée de ſa nature, il peut ne pas

penfer. Troifiémement on ne peut pas encore le faire par un affemblage de plufieurs , car par quel affemblage de modes un atome de matiere auroit-il l'idée de la Toute - Puiffance, de l'immenfité, de l'éternité de Dieu ? Par quelle loi matériéle fe connoitroit - il lui - même ? Comment fçauroit - il calculer , obferver les loix du raifonnement , & rectiffier fes erreurs ? Enfin par quel mouvement , par quel affemblage de modes, cet atome de matiere, qui ne peut jamais ceffer d'être matiere , ni d'être plus grand que lui-même , parcoureroit-il, fans fe mouvoir, d'un feul point de vûe, ces Pays éloignés , & cette vafte machine du monde , quelque grande qu'elle foit, & qu'il en eût cependant

pendant une véritable idée ?
Il paroît, de toutes ces raisons,
que la matiere est incapable de
penser, elle ne renferme dans
son idée que l'extension & plusieurs parties ; ainsi puisqu'elle
ne pense pas, & que l'ame
pense, cette derniere est spirituelle.

Voilà, Monsieur de grands
éclaircissemens que vous me
donnez, répondit le Petit-
Maître, après ce que vous ve-
nez de dire, on ne peut quêtre
persuadé que l'ame est spirituelle : toutes ses fonctions,
tous ses actes portent des caractéres d'un esprit. Cependant vous me ferez plaisir de
me dire d'où elle sort, n'est-ce
pas de nos parens ? Le corps
dérive de leur sang, répondit le
Comte, mais non point l'ame :

car si elle étoit traduite avec le sang, elle dériveroit ou de la chair des parens, ou de leur ame, ou bien de l'une & de l'autre. Premierement elle ne vient pas de la chair, autrement elle seroit corporelle, & non spirituelle. Secondement elle ne vient pas de l'ame, car elle seroit ou de toute l'ame du pére, ou d'une partie; non d'une partie, parce qu'elle seroit divisible, & matérielle. Elle ne seroit pas encore de toute l'ame, parce qu'elle césseroit d'être dans le pere pour être dans le fils, ou elle seroit tout à la fois dans l'un & dans l'autre, ce qu'on ne peut point dire. Troisiémement elle ne vient pas de la chair & de l'ame du pere, à moins de dire que la même ame soit tout à la fois

corporelle & fpirituelle. Il faut
donc reconnoître que l'ame ne
peut tirer fon principe que de
Dieu, elle eft un rayon qui
coule du Soleil éternel. Elle
vit en Dieu ainfi que tous les
autres ouvrages de la Nature,
dans lequel ils font d'une maniere bien plus excellente, que
s'ils étoient en eux-mêmes. De
la même maniere que les ouvrages vivent dans l'efprit de
l'Ouvrier, par les idées que
l'Ouvrier a de fes ouvrages,
de même toutes les chofes vivent en Dieu bien plus excel-
lemment par les idées que Dieu
a de toutes chofes.

Comme il fe faifoit tard, le
Comte voulut fe retirer, mais
il ne lui fut pas poffible de quitter fon Petit-Maître ; il lui dit
qu'il falloit aller fouper chez

une Actrice de l'Opéra , il
étoit bon qu'il fût inftruit de
de ce qu'on appelloit à Paris
parties fines, foupers aimables,
fociétés gracieufes. Ses prié-
res , fes inftances gagnérent
le Comte , de forte qu'il fe
laiffa conduire chez l'Actrice.
Les premiers difcours que l'on
tint à table , roulérent fur les
amours du Chevalier de * ....
qui avoit paffé en Efpagne
avec la Marquife de ** .... mais
après qu'ils eurent bû quelques
coups de bon vin de Cham-
pagne , les voilà à difcourir
fur les intrigues des filles de
l'Opéra. On parla de leur infidélité , de leur perfidie , de
leur trahifon , des banquerou-
tes qu'elles faifoient faire aux
    * ...
    ** ,,,,

Marchands, & des dettes aux
Seigneurs. Enfuite on chanta
des chanfons qui choquoient
la bienféance & la pudeur, cependant le Petit-Maître difoit
au Comte, c'eft là, mon cher
Polonois, cè qu'on appelle
chanfons agréables, elles rendent nos foupers galans & fins.
Si vous étiez en Pologne, vous
n'auriez pas le plaifir d'entendre des couplets fi dégagés,
fi libres, fi flateurs. Il faut con-
venir de bonne foi que tout eft
raffiné à Paris: en même-tems
il engageoit l'Actrice à chanter avec plus de force; allons
belle Actrice, lui difoit-il,
continuez toujours, vous en-
chantez mes oreilles. Ces Vers
hardis & galans me flatent plus
que je ne fçaurois vous exprimer, je ne puis que vous don-

ner des louanges & des applau-
diſſemens.

Tout cela n'étoit rien en
comparaiſon du libertinage
auquel on ſe livra dans la ſui-
te ; les ris diſſolus, & l'intem-
pérance préſidérent à ce feſtin
odieux & révoltant. Qu'elle ne
fût pas la ſurpriſe du Comte,
lui qui avoit l'eſprit rempli de
l'amour de la vertu ! Il ſe re-
pentit mille fois d'avoir ſuivi
ſon Petit-Maître, il étoit cinq
heures du matin lorſqu'il le
quitta, il rompit pour toujours
avec ce malheureux, il ne voulut jamais plus le voir. Eſt-il
poſſible, diſoit-il, qu'un homme puiſſe être ſi débauché,
qu'il aura de grands comptes à
rendre lorſque ſon ame ſera
devant le Trône de Dieu !
Quelle illuſion, quelle folie !

Il court après les plaisirs où ils ne sont pas, il cherche la félicité où elle ne se trouve point; s'il ne fait un retour vers la vérité, & s'il ne ressuscite l'honneur qui est déja mort dans son ame, c'en est fait de lui, il est perdu à jamais. Quel aveuglement de se plonger dans un abîme de forfaits, ne lui conviendroit-il pas plutôt de vivre dans l'amour & la loi de Dieu, de s'occuper à quelque chose d'essentiel, d'être utile à sa Patrie; je ne sçai quel nom donner à sa débauche, car elle me paroit portée jusqu'au dernier excès.

Si un Petit-Maître goûtoit tant soit peu les réflexions de ce Comte Polonois, il finiroit le désordre; la raison dissiperoit les nuages qui cou-

I iij

vrent fes yeux, l'amour du bonheur le détermineroit à offrir à la vertu des hommages fincéres. Quel avantage flateur, quelle gloire ne feroit-ce pas pour lui ! Il feroit fortir du fein de la tempête le calme & la tranquillité, il ne reffentiroit plus ces remords qui donnent la torture à l'ame, mais au contraire il goûteroit une paix délicieufe. Qu'il embraffe donc cet objet aimable, que fa vie foit d'une excellente odeur, les plus grands libertins même ne pourront s'empêcher de l'admirer, de le louer.

TITRE V.

Des Politiques.

PAris est le centre de la Politique, on y voit des gens qui prennent toutes sortes de caractéres ; ils sont souples, doux, complaisans, ils aiment le mensonge, & le sçavent dire, fort joliment.

Ces Politiques versent sur tous ceux qu'ils rencontrent des regards les plus doux, & leur donnent des baisers comme le gage de l'amour le plus sincére, ils font couler de la bouche des torens de zèle. Un homme d'esprit ne doit point se laisser flater par les belles paroles que l'on prodigue, car tel se montre son bon ami, qui fera tous ses efforts pour le détruire, il ne balancera pas de lui donner un coup mortel dans l'occasion. Ainsi on doit se défendre de ces amis trompeurs, qui semblent goûter tout ce que l'amitié a de plus délicat & de plus délicieux ; il faut se défier de leurs régards benins, de leurs souris heureux, de leurs frivoles complaisances ; la porte de leur cœur est interdite à la candeur & à la bonne foi, ils ignorent les droits sacrés de l'amitié.

 On ne sçauroit croire combien il est difficile de se placer à Paris dans les Finances ; pour un simple emploi il y a cent Concurrens, il faut pour réussir, mettre dans ses intérêts des gens d'autorité, ce

qui eſt très-mal aiſé, parce
qu'on n'en trouve guere d'of-
ficieux. Le moyen le plus ſûr
pour avoir du ſuccès, eſt de faire des préſens. Les louis d'or
ſont la cléf qui ouvrent la porte
aux emplois, les Femmes-de-
chambre en font donner quantité, mais on eſt obligé, en
les obtenant, de leur compter
une ſomme, ou leur donner
tant par an, à proportion de
la bonté des emplois: cette façon d'agir eſt auſſi du reſſort
de beaucoup de Seigneurs.

Quand un ſujet eſt recomman-
dé à un riche, à un Politique,
pour lui procurer un poſte, ce
dernier lui aſſûre qu'il a bonne
volonté de l'obliger, mais que
ſon pouvoir eſt très-foible; &
ſçachant qu'il eſt comme im-
poſſible de trouver des occa-

fions, parce que les poftes font
remplis prefque auffitôt qu'ils
font vacants, il lui dit de lui
préfenter un objet. Le fujet a
beau chercher & fe donner
des foins, il ne peut faire aucune découverte ; cependant
il fait affidûment fa cour au
Politique, quelquefois jufqu'à
fe rendre importun. Le Politique fe trouve fatigué de fes
fréquentes vifites, pour fe dé-
barraffer il lui dit, je fouffre
de vous voir depuis fi long-
tems fur le pavé, il faut que je
faffe pour vous une tentative,
c'eft de vous donner une Lettre pour un Fermier-Général
de mes amis: voila tout ce que
je puis faire pour votre fervice.
En même-tems il écrit la Lettre, mais en bas il a l'attention de faire cette petite croix,

† qui fignifie, *ne faites pas plaifir au Porteur.*

Le Politique lit la Lettre
conçûe dans les termes les plus
avantageux, & avec les plus
grandes inftances ; le fujet
comblé de joye le remercie, il
porte la Lettre au Fermier-
Général. Celui - ci malgré la
petite croix, dont il entend
parfaitement la fignification,
lui fait un accueil des plus gracieux, & des plus flateurs. Je
vous affûre, Monfieur, lui dit-
il, que par rapport à votre
Protecteur qui eft ardent à
vous faire plaifir, je ferai tout
ce qui dépendra de moi pour
vous donner fatisfaction ; je le
ferai avec d'autant plus de raifon, que vous me paroiffez un
homme d'honneur, votre phi-
fionomie ne m'annonce que de

la probité & du mérite : lorſqu'il y aura quelque choſe de
nouveau je vous ferai avertir.
Il ſe paſſe un mois, deux mois,
quatre mois, ſix mois, un an,
ſans que le ſujet reçoive aucune nouvelle, étonné de ce
ſilence cruel, il retourne chez
le Fermier - Général qui lui dit
qu'il n'avoit point trouvé l'occaſion, (quoi qu'elle ſe fût pré-
ſentée cinquante fois) & c'eſt
ainſi que ſon projet échoue.
Tous les hommes à Paris ne
ſont pourtant pas comme ces
Politiques qui bleſſent la vérité, il en eſt quelques-uns qui
ſont ſincéres.

Eſt-il poſſible que l'on dé-
guiſe ſes ſentimens, & que l'on
endorme ainſi des gens dans
des eſpérances frivoles, peut-
on le faire au préjudice de la

Bonne foi & de l'honneur ?
Si on n'eſt pas en volonté de
les obliger, pourquoi les amu-
ſer & les tromper ? Qu'elles
occupations pour ceux qui font
encore quelque uſage de leur
équité, de quelle douleur ne
devroient – ils pas être péné-
trés !

Si un homme eſt placé par
un Financier, il n'eſt pas aſ-
ſuré de ſe maintenir dans ſon
poſte, fût-il plein de probité,
& remplit-il ſon devoir d'une
maniere à mériter des éloges.
Il eſt toujours comme l'oiſeau
ſur la branche, on le déplace-
ra ſans ſcrupule pour plaire à
une Dame, à une maitreſſe, & il
ſera remplacé par un ſujet qui
ne ſçaura pour ainſi dire rien.
Il ſuffit que ce ſoit la maitreſſe
qui agiſſe, pour qu'elle triom-

phe ; o rſqu'elle parle, c'eſt un Arrêt qu'elle prononce, & qui eſt auſſi-tôt exécuté. Le Financier eſt fertile en reſſources pour s'excuſer, il attaquera le Sujet ou du côté de ſa capacité & de ſes lumieres, ou du côté de ſon exactitude & de ſon zèle, ou du côté de ſa probité & de ſon honneur.

On voit tous les jours à Paris des gens * qui rampoient autrefois parvenir aux richeſſes & aux honneurs ; ils ſe produiſent dans le public, ils acquierent connoiſſance ſur connoiſſance, & celà fait une multiplication. Pour avoir de l'accès auprès de leurs protecteurs, ils gagnent un Portier par le moyen de quelques Bouteilles de vin, & un Valet-de-

* Les Financiers.

chambre

chambre en lui coulant de tems
en tems quelques écus dans la
main, ou en lui faisant présent
de quelques livres de bon Ta-
bac. A force de Politique, de
perfidie, & de noirceur d'a-
me, ils s'infinuent dans l'efprit de ceux de qui ils atten-
dent des avantages; ils les flatent, fuffent - ils des fripons,
leur applaudiffent en toutes
chofes, & baifent jufqu'à leurs
pentoufles. Après qu'ils font
devenus opulens, ils trouvent
un grand nombre de gens qui
leur font la cour; les Seigneurs
même les confidérent, & con-
tractent avec eux des alliances.

Ces gens de fortune font traî-
nés dans des caroffes magnifi-
ques, l'or brille de toutes parts
dans leurs Palais, leur table eft
fervie avec autant de délica-

K

teſſe que de profuſion, des
Suiſſes de bonne mine ſont à
leur porte, & les avertiſſent
avec un ſifflet quand quelqu'un
ſe préſente. Ci-devant ils faiſoient de douces promenades,
& n'avoient d'autres reſſources
que leurs intrigues contre les
outrages de la fortune, ils
étoient Chevaliers de l'Ordre
de l'Induſtrie. Plongés dans
une ſource d'orgueil, ils ſe mé-
connoiſſent entierement, ils
n'enviſagent que l'état floriſ-
ſant où ils ſont ; infatués d'une
ſi belle métamorphoſe, ils
mépriſent les Pauvres, quand
ils ſeroient des plus honnêtes
gens, leur eſtime ne s'étend
que ſur ceux qui ont des équipages, & qui peuvent leur faire
plaiſir dans l'occaſion.

Il eſt à Paris des Politi-

ques*qui ne s'entretiennent que
de nouvelles, on peut les ran-
ger en trois claffes. La prémie-
re eft compofée de vieux Offi-
ciers, la feconde de Bourgeois
& la troifiéme d'Artifans. Ils
fe donnent ordinairement
dans la belle faifon des rendez-
vous au Luxembourg : l'un ne
parle que de remparts détruits,
de villes forcées, de moiffons
de gloire. Un autre raifonne
fur les préliminaires de la paix
entre la France & les Alliés.
Un troifiéme vient & balance
long-tems fur le choix, il rappelle tantôt la paix bannie,
tantôt le feu d'une guerre plus
fanglante. C'eft ainfi que ces
grands Guerriers affis fous le
feuillage des arbres, & refpi-
rant les doux zéphirs, difcou-

____
* Les Nouvéliftes.

K ij

rent fur des affaires d'Etat.
Des réflexions hazardées font
le fel de leur converfation , ils
cherchent dans les reſſorts de
l'immagination , quelque trait
curieux digne de l'admiration
du cercle , & l'embelliſſent par
la maniere gracieufe de le débiter. Ne devroient-ils pas regretter le tems qu'ils employent
à ces amuſemens ridicules ? Il
feroit bien plus à propos de
travailler pour le public , & de
fe difputer entre eux la gloire
de lui être utile. Dans un pa-
reil combat il feroit beau de
former des vœux ardens, pour
la victoire , & de faire les derniers efforts pour la rempor-
ter.

Il eſt à Paris des gens * qui
font accablés des coups de

* Les Courtifans.

l'ambition, & du defir de la funefte gloire. Ils ufent d'artifice, de politique, pour acquérir les faveurs brillantes de la Cour, la foif des richeffes bannit de chez eux la bonne foi & la droiture, ils mettent le vice fur le Trône, & font gémir la vertu dans la pouffiere.

Quelle folie de fonder leurs efpérances fur le calme de la mer la plus orageufe ! leur vie va paffer comme l'ombre, & fe diffiper comme la fumée : pourquoi donc porter leurs defirs vers des biens dont on n'a que l'ufufruit, & qu'on ne peut poff018éder que peu de tems ? Eh, quoi, que dirois-je, tant d'hommes illuftres dont les talens ont été l'admiration de tout l'Univers, fe font éclipfés ! Un si grand Prince que Louis XIV, est couché sous la terre, les quatre parties du monde ont été remplies de l'éclat de son nom ; cependant la mort va l'attaquer dans sa cour, & frappe sur son trône comme sur la hute d'un Berger. Quelle vaste matiére à réflexions de voir des Rois, des Héros, des Docteurs, obligés de subir la loi de la Parque ! Les ambitieux devroient bien rentrer en eux-mêmes ; il leur convient beaucoup d'avoir du goût pour le désintéressement, de rétablir la voix, & d'assurer le triomphe de la vertu, cette conduite seroit pour eux une source de bonheur.

TITRE VI.

De quelques endroits surpre-
nans.

IL est à Paris beaucoup de
Bénéficiers qui ne disent le
Bréviaire que rarement, leur
principale occupation est de
jouer le Piquet, & le Qua-
drille, de bien manger, de
bien boire; la Musique & la
Danse leur sont fort en recommandation; ils jouent de la
flûte, & dansent de tems en
tems le Passe-Pied.

Les grands ne pensent qu'à
vivre délicieusement, ils ne
s'arrêtent que là où les ris & les
jeux se présentent avec plus
d'agrément: ils divertissent les
Dames par les Balets, les mas-

carades , les parties de cam-
pagne. Quand ils font à Verfailles , ils fe dépouillent de
toute leur fierté ; on les voit
extrémement petits. A la Cour
on eft toujours en mouvement,
on va d'appartement en appartement , on ne parle que
peu.

Ici je tremble à l'afpect d'un
crime le plus déteftable , à peine puis-je le peindre tant il
jette l'horreur dans mon efprit.
Il y a à Paris une infinité de
Seigneurs & de Riches , qui
portent des coups les plus forts
à la pureté. A force de la pluye
d'or ils achetent des hommes.
De femblables gens font infiniment à plaindre , on doit les
méprifer plus que la poufliere
des fouliers.

Les Dames de condition à
Paris

Paris se déguisent en homme ; elles mettent des habits bleus de soye , galonés d'argent, ou des habits de velours selon les saisons ; dans cette situation elles vont voir leurs Amans, & prennent le nom de Chevaliers ou de Comtes. Elles ont aussi pour maxime de faire arrêter, dans les rues, les plus beaux jeunes hommes , on les enleve par force , & on les met dans des carosses. Il y en eut dernierement deux qui furent fouettés jusqu'au sang , pour ne s'être point trouvés au rendez-vous que la Duchesse de * ... & la Marquise de ** ..... leur avoient donné.

Les Avocats aujourd'hui , dans tous les Pays, n'ont du goût , de l'attrait, que pour * ...
**   L

l'intérêt & le désordre : loin de
répandre la lumiére dans les
causes dont il font chargés,
& de se conduire eux-mêmes à
la faveur de cette lumiere, d'engager les parties à écouter la
voix de la paix , on les voit
attentifs à éluder l'autorité
des loix , à multiplier les pro-
cédures , à inspirer de l'a-
mour pour les procès. Les Avocats de Paris surtout suivent
ces maximes ; ils vont semer la
division dans les familles, se
chargent des causes les plus in-
justes, éloignent les Parties de
la voye de la conciliation , &
tâchent de perpétuer la guerre. Enfin le desir de s'enrichir
les porte à combattre l'autorité des loix & des ordonnan-
ces, à donner des couleurs aux
choses , à parer leurs discours
des pompeux ornemens de l'é-

loquence, capables de furpren-
dre la réligion des Juges pré-
pofés pour annoncer les ora-
cles de la Juftice.

Il eft plufieurs de ces Avocats
qui ne font point mariés, mais
qui ne fouhaitent rien tant que
de l'être avantageufement.
Pour arriver au terme qu'ils fe
propofent, ils ufent de mille
différens ftratagêmes : en voici
un entr'autres duquel ils s'avi-
fent. Ils fçavent qu'un homme
de leur profeffion trouve un
parti avantageux quand il eft
un peu occupé ; ils fçavent encore qu'on ne connoît que les
plus fameux, qui difputent
tous les jours au Barreau des
Lauriers, que les autres ref-
tent dans l'obfcurité malgré
leurs talens & leurs occuppa-
tions. Pleins de ces connoif-

fances , voici le ftratagême qu'ils mettent en pratique. Ils fe rendent au Palais au coup de midi , qui eft le tems où tout le monde s'affemble pour y faire fes affaires; là tous défœuvrés , ils fe préfentent avec des papiers fous les bras , ils demandent aux uns & aux autres s'ils n'ont pas vû un tel & tel de leurs Cliens , ils veulent par là leur faire entendre qu'ils font employés , & leur donner une idée de l'excellence de leur mérité. Pour mieux faire réuffir leurs projets, ils fe difent Gentilshommes, quelquefois Comtes, ou Marquis, tandis qu'ils feront nés du fang le plus obfcur. Ces gens-ci aiment exceffivement leurs plaifirs; ils imitent, en ce point, les Meffieurs de l'Académie Françoi fe. Cette Société travaille fouvent envain, elle a la mortification de voir que le public caffe fes arrêts. Quelle eft différente de ce quelle étoit le fiécle dernier ! alors elle étoit compofée de beaucoup d'hommes Illuftres, qui nous ont laiffé des écrits admirables : Aujourd'hui il n'en eft pas de même, elle n'a que peu de Sçavans, & encore font - ils, peut-être, des demi-Sçavans.

Le vice fleurit à Paris autant & plus que dans aucune ville de l'Europe ; les jeunes gens fe font des fyftêmes les plus extravagans, la débauche les met au tombeau au printems de leur âge. Ce climat eft fort ftérile en pieux, & en honnêtes gens, cependant dans le grand nombre on en trouve quelques-uns; ce font des perles précieuses qu'on ne sçauroit assez admirer. Les Libertins trouvent en eux un grand sujet de réflechir; ils feroient bien de rectifier leurs mœurs sans differer, on ne doit point se flater sur la force & la bonté de son tempérament, parce que sous un visage serain on cache souvent une mortelle maladie.

TITRE VII.

Des Gens de Lettres.

PAris où les étrangers viennent de toutes parts pour en considérer les beautés, & pour y trouver des avantages qu'on ne trouve pas ailleurs, fournit beaucoup de

Sçavans. Il en eft qui font dignes de purs éloges ; les ouvrages qu'ils nous donnent, font des tréfors d'agrémens qui méritent de paffer à la poftérité.

Louis X V la fplendeur des Lys, l'amour & les délices de fon peuple, fait fleurir les arts. Il procure à fes fujets toutes les facilités pour exceller dans la Peinture, la Sculpture, & l'Architecture. La douceur & l'humanité font le partage de ce Prince, toujours attentif à épargner le fang de fes Sujets, & même celui de fes ennemis, c'eft avec regret qu'il a cueilli, & qu'il cueilt des lauriers dans cette guerre. Les fuccès continuels & brillans que le Dieu des armées lui accorde, lui font connoître qu'il fe déclare pour

L iiij

ses armes; la gloire qu'il a déja
acquis suffit pour l'immortali-
ser: puissent les victoires de ce
Prince procurer à la France
une paix qui la couronne de
bonheur.

Il faut avoir beaucoup de
talens pour écrire d'une maniere à s'attirer l'approbation
des Sçavans; il faut du choix
dans les pensées, de l'enjoue-
ment dans les expressions, de
la pureté dans les tours; on
veut de la délicatesse, de l'é-
clat, du solide & du naturel.
Un ouvrage dans lequel les
endroits brillants sont sépa-
rés, & mis à une certaine distance les uns des autres, relé-
vent les endroits communs;
l'esprit s'ennuye de la conti-
nuité, la variété lui plaît, il
veut les fleurs dispersées avec

œconomie, les graces diftri-
buées comme des lumieres &
des étoiles.

Les fçavans condamnent le
defir de la gloire, il femble
par leurs difcours qu'ils en con-
çoivent du mépris : mais ne
leur en déplaife, c'eft à ce defir que l'on eft redevable de
toutes les lumieres des fiécles,
c'eft l'envie de fe faire un nom,
qui a formé les grands hommes ; leur ame animée par cet
objet, s'eft développée dans
toute fon étendue, les prémié-
res louanges qu'on leur donna,
flatérent leur cœur, & ouvri-
rent pour eux, une fource de
plaifirs dans l'étude des Belles
Lettres. Ces fuccès rendirent
leur carriére, dans fon commencent plus belle, & en af-
fûrérent de plus folides pour

l'avenir : de sorte que leur émulation, après avoir été couron-
née , devint plus jalouse de sa
gloire.

Il paroît donc que le desir
de la gloire a formé les hommes illustres ; il leur a inspiré
du courage , & fait tenter des
efforts pour arriver à la perfection de leur art. Aussi des esprits nés médiocres ont at-
teint & surpassé quelquefois
des génies sortis supérieurs des
mains de la Nature. On en
a l'exemple dans la personne
de Démosthéne , piqué du
desir de la gloire, il combat-
tit la Nature , & quelque dif-
ficulté qu'il rencontrât , il ne
se rebuta pas, au contraire ,
il prit plus de courage , son
ardeur le conduisit à la plus
parfaite éloquence. Les écrits

qu'il nous a laiffé , ont des
charmes, on y voit les fleurs
les plus agréables ; dans les
chofes les plus obfcures il répand un jour aimable , la variété de l'abondance répond
aux agrémens de l'art.

Le defir de la gloire, ce puif-
fant reffort du cœur humain ,
ne devroit pourtant point
trouver place parmi les Sçavans. Un homme fage ne va
jamais au-devant des éloges ,
& fi les éloges vont au - devant
de lui, il les regarde avec in-
difference, ou plutôt avec mépris. Dévoué au fervice de fes
concitoyens, il n'a d'autre objet que celui d'orner leur efprit, & de former leur cœur.
Il ne porte jamais envie à la
réputation de fes concurrens,
au contraire , il rend avec

plaisir, justice au mérite, fût-
ce même à ses ennemis. Mais
les Sçavans ont des sentimens
bien différens, le desir de se
distinguer fait naître entre eux
une jalousie secrette, ils crai-
gnent que la réputation des
autres ne mette obstacle aux
desseins qu'ils ont formé de
remplir la postérité du bruit de
leur gloire. Ce qui fait que loin
de publier leur mérite, ils s'ef-
forcent de le cacher, ou d'en
effacer l'éclat. Ils se battent entre eux la plume à la main sans
se ménager, & font paroître
les qualités de l'esprit au préjudice des sentimens du cœur.

Pour briller en conversa-
tion il ne faut que de la har-
diesse, il ne faut qu'un rien.
Une femme se tire quelquefois
mieux d'affaire qu'un Latiniste.

Elle parle avec liberté, elle n'appréhende pas de pêcher contre la langue, parce qu'elle en ignore les régles. Au lieu qu'un homme qui a fait ses étu-des, craint de se tromper, il y va à pas mesurés, de sorte que cette timidité tient son es-prit caché. Il y a des Sçavans qui semblent hébetez en con-versation, leur esprit est pour les matieres sérieuses, & non pour les petites choses don ton aaccoutumé de s'entretenir. Le mérite du cabinet ne tombe point dans le mérite de la con-versation, tout comme le mé-rite de la chaire ne tombe point dans celui de l'impression. Il arrive souyent qu'un discours qui paroîtra beau, lorsqu'on le débité, n'a aucune grace quand on le lit. Il faut un autre mé-

rite que celui de la chaire pour
foutenir le jour.

Il est à Paris quantité d'Auteurs qui ne font aucun effort
pour puifer dans l'efprit d'A-
pollon les nobles penfées, ils
ne vont pas où la gloire les appelle, la voix de l'émulation
ne fe fait pas entendre à leurs
cœurs. Comme leur vie dépend
de leur travail, ils fe dépê-
chent autant qu'ils peuvent;
on ne voit dans leurs ouvrages
que des riens & des puérilités;
cependant ils ont l'audace de
condamner les anciens & les
meilleurs Auteurs de nos jours,
on diroit, à les entendre, que
ce font eux qui font fleurir la
République des Belles Lettres.
Quoique leurs productions ne
méritent pas de voir le jour,
elles font pour un tems le fujet

de l'admiration des Dames &
des Petits-Maîtres, par rapport aux bagatelles & aux nouveautés qu'elles contienent, &
dont ils font amateurs.

Le tribunal de la critique
eft placé à Paris, cette foule de
petits génies fe mêlent de décider du caractére des beaux
efprits. Auffi-tôt qu'un ouvrage
voit le jour, ils le critiquent,
ils vont du Luxembourg aux
Thuilleries, & des Thuilleries
au Palais Royal le décrier, &
infinuer en même-tems qu'ils
font en état d'en compofer un
plus beau. Ce font des pointil-
leurs outrés, ils pafferont vo-
lontiers une heure à contefter
fur un mot. Ce n'eft pas qu'ils
fe croyent bien fondés, mais
c'eft pour faire voir qu'ils ont
de l'efprit. Il eft mille fois plus

facile de critiquer un Livre
que de le faire; si on examine
à la rigueur un Ouvrage, il est
rare quand on n'y trouve quelque chose à redire. On ne doit
pas cependant critiquer tous
les défauts, car il en est d'heureux que l'on doit aimer, ce
sont des ornemens qui donnent du relief aux traits fins &
agréables.

Les Auteurs que je poursuis,
dérogent à la noblesse de leur
caractére, ils ne prennent
que le Chocolat ou le Caffé,
ils ne font que des parties de
régale avec leurs Maîtresses
qu'ils appellent cousines, tout
cela aux dépens du tiers & du
quart. A la faveur de leurs So-
nets ils trouvent des gens as-
sés simples pour leur faire crédit, leur cœur s'ouvre agréablement

blement aux louanges qu'on leur donne. Mais ces créanciers faciles font dupe de cet encens diftribué, de cette gloire prodiguée, ils fe repentent de leur trop grande bonté & de leur vanité folle ; ils ont beau perfécuter leurs Débiteurs, ils ne peuvent jouir de la fatisfaction flateufe de retirer leur payement, ni en tout, ni en partie.

C'eft là la peinture la plus avantageufe que l'on puiffe faire de ces Auteurs, autrement de ces Batards du Parnaffe ; on doit leur rendre la juftice qu'ils font une fource de défauts. Les Sçavans vont auffi de pair avec eux, ils font le fléau de l'honneur & de l'équité, ils ferment les yeux à la lumiere du flambeau qui les éclai-

M.

re pour avoir le plaifir de fe
perdre dans une affreufe obfcurité : ils déshonorent leurs
talens à détourner de la bonne voye celles qui ont le bonheur d'y être.

Lorfqu'un Sçavant veut engager une Belle dans fes liens,
il profite de tous les momens
où il puiffe jouir de fa converfation tête à tête. Alors il fe
met en train , & aiguife la
pointe de fon efprit, il tâche
de découvrir les fentimens de
fa Belle : fes expreffions la
fondent d'une telle façon que
tout eft ménagé , néamoins
elle peut déveloper ce qui fe
paffe dans fon caractére; fi elle
faifoit briller fa fageffe, ce
malheureux fufpend fes pour-
fuites, mais il s'avance bientôt
vers elle avec les armes de la

subtilité ; il lui préfente de nouveau fous une feuille d'or la
chute de fon cœur , dont il
veut porter jufqu'à elle le contre - coup. Il fait des détours,
des écarts , fi elle eft encore
ferme , & fe met à l'abri de fes
traits , il monte fur le ton des
louanges, il pourfuit fa pointe,
& il ne tient pas à lui qu'il ne
foit victorieux.

Que cette conduite offre un
fpectacle affreux ; n'eft - il pas
furprenant que les Sçavans faf-
fent de fi mauvais ufages des
talens & des lumieres dont le
Ciel les a ornés ? Ils font, en
celà - d'autant plus coupables
qu'ils connoiffent l'avantage
qu'ils retireroient d'être fages.

Il y eut Jeudi dernier un
Sçavant qui fe fignala par un
trait digne d'être contrôlés

Deux heures avant que l'Aurore ouvrit les portes de l'O-
rient, il fut introduit dans le
jardin de la Marquise de *...
pour être conduit dans sa
chambre où elle lui avoit donné Rendez-vous. Le Ciel étoit
alors serain, & la lune embellis-
soit ce jardin de ses couleurs,
le feuillage des arbres ne faisoit
que des souris. Là il s'arrêta
pour considérer les beautés
dont il étoit épris, & levant
les yeux au Ciel, il disoit en lui-
même, que de grandeur, que
de majesté ! Si les choses que
j'apperçois sont si belles, combien beau & aimable est celui
qui les a faites ? Il n'y a que lui
seul qui puisse faire le bonheur
des hommes, on ne peut le
voir sans être parfaitement
　　　*...

heureux. Seroit-il donc poffible que je me rendiffe indi-
gne d'être un jour couronné de
la face, & cela pour une créa-
ture ? Dieu eft partout comme
étant l'Ouvrier de toutes chofes, le réparateur, & le confér-
vateur, fon immenfité le rend
préfent en tous lieux, je fuis
plongé dans fon effence comme les poiffons dans la Mer,
ou comme les oifeaux dans les
airs. Aurois - je donc bien le
courage de l'offenfer au milieu
de fes perfections & de fes richeffes ? Quelle perte ne fe-
rois-je pas, fi je perdois fon
amitié ! Je dois l'aimer plus que
moi-même, & je dois m'aimer
moi - même uniquement par
rapport à lui. Si je violois fes
loix, ce feroit me défendre des
doux charmes de fon amour,

& me détruire moi-même contre sa volonté, car il veut ma conservation & mon bien, parce que je suis son ouvrage. Que de démarches ne fais-je pas pour être heureux dans le monde, & combien peu en fais-je pour aller à la Cour Céleste ; mais que dis-je, heureux dans le monde, on ne peut l'être qu'en vivant selon les loix de la sagesse : ainsi il est de mes intérêts de changer de conduite, & de devenir la conquête de mon Auteur. Voilà le raisonnement de ce Sçavant; loin de se rendre à la chambre de la Marquise qui l'attendoit, il se retira en faisant de plus en plus des réflexions.

TITRE VIII.

De différens Caractéres.

LA vivacité & la prompti-
tude font le partage des
Parifiens, ils font paroître dans
tout ce qu'ils font une activité
qui reffemble à celle du feu.
L'humilité & le défintéreffe-
ment n'ont point de beauté ni
d'éclat à leur yeux, ils ne re-
cherchent que la gloire, l'argent, & le titre de bel efprit.
La plûpart des Riches font fi
bons pour eux-mêmes, qu'ils
ne valent rien pour les autres;
ils ne fçavent pas combien il
eft doux de donner galam-
ment. Les talens les plus re-
marquables, don til font doués

consistent à bien ajuster à leur
front une perruque, & à faire
quelques entre-chats.

Il est difficile de trouver à
Paris des gens véritablement
zélés, presque tous se condui-
sent par un systême de politique, un intérêt de fauxzèle. Il en
est quelques-uns qui sont d'un
caractére assez obligeant, ils
font plaisir par eux-mêmes lorsqu'ils le peuvent. Mais est-il
question de demander, ils ne
peuvent ordinairement s'y ré-
soudre. Un grand ne veut point
s'abaisser jusqu'à demander à un
homme qui est au-dessous de lui.
Un égal ne prie point, parce
qu'il craint un refus qu'il pren-
droit pour un affront. Un in-
férieur le fait encore moins,
parce qu'il sçait qu'il ne réussi-
roit pas.

Lors-

Lorsqu'un Financier est prié de donner un Poste a un sujet, il examine si la personne qui le prie a du crédit, & peut lui être de quelque utilité. S'il trouve en elle un défaut de pouvoir, il est certain qu'il ne fera point honneur à sa recommandation. Cependant par politique il accueillira le sujet : il lui dit tantôt que les emplois font rares, & que les Bureaux font remplis de quantité de Subnuméraires, au moyen de quoi il ne peut être placé de long-tems. Tantôt qu'il lui rendra service quand l'occasion se présentera, pour cet effet il lui fait laisser son adresse. Quelquefois il lui demande s'il entend les affaires, & s'il a fréquenté le Barreau, parce que cela est nécessaire pour

N

entrer en Finance. Une autrefois il lui affûre avec beaucoup
de fincérité qu'il ne peut difpo-
fer d'aucun emploi , que c'eft
M .... qui en eft le maître, &
fi on a quelque ami auprès de
lui , on fera bien de le faire
agir. Voilà les excufes d'un
Financier ; la diffimulation ,
le menfonge, la perfidie , la
mauvaife foi forment fon caractére.

On ne voit à Paris que les
quatre mœurs aux Ecoles de
Droit, les Profeffeurs fe tran-
quilifent dans les Chaires ; les
Etudians en Droit font , la
plûpart du tems, à compter
fleurettes aux femmes. Pour
ferrer d'un nœud plus ferme
celles qu'ils retiennent dans
leurs liens , ils n'épargnent
point les bagues, les rubans,
les mantelets.

Les Etudians en Médecine
& en Théologie, convoquent
dans certains tems des assem-
blées * où régne la folâtre joye ;
ils se reportent entre eux les
traits les plus irréguliers de leur
vie ; leurs discours sont pleins
de pauvretés, & débités avec
des gestes les plus désagréa-
bles. Cependant ils font tout
cela pour briller, & après ces
belles opérations, ils se croyent
des gens d'esprit, qui plus est,
ils se félicitent les uns les autres. Mais ce qui est encore
fort, c'est qu'il accourt en foule
des gens, même des Avocats,
des Ecclésiastiques pour entendre ces fadaises, ces extra-
vagances. Les Censeurs de Livres, qui font au nombre de
80, & dont plusieurs font de
petites têtes, ne manquent pas

* Les Parenymphes.   N ij

auffi d'être les témoins de ces
fcénes puériles.

Les Parifiens font curieux à
l'extrême, fitôt qu'on doit faire
quelque repréfentation , ils
s'empreffent de la voir, ils cou-
rent à l'envie, & font des actes
d'impatience. Malgré tout cela
il en eft quelques-uns qui font
très-âgés, & qui n'ont jamais
été à Verfailles.

Tout le monde à Paris porte
l'épée , Roturier comme Gentilhomme ; il faut la prendre
néceffairement lorfqu'on met
la bourfe, ou avoir les cheveux
flotans, c'eft par là qu'on fe
diftingue des Laquais. Il eft
des jours que ces derniers ne
peuvent pas entrer aux Thuilleries , & au Luxembourg.

Un homme qui a un habit
noir , peut paffer à Paris par-

tout, ce qu'il ne fera quelquefois point avec un habit galonné. Quand la Cour est en deuil, on voit aux promenades ceux qui font en noir, s'assembler, & s'écarter des gens qui ont des habits de couleur; ils se feroient une délicatesse de converser avec eux, ils craindroient de se deshonorer, & d'obscurcir leur gloire : C'est là une fadaise bien caractérisée, & être travaillé d'une grande foiblesse d'esprit.

Tout le monde est égal à Paris, à l'exception des Seigneurs de la premiere volée : un Savetier ne céderoit point le pas à un Marquis lorsqu'ils font fur la rue : cette égalité fait le beau de Paris.

Il y a à Paris quantité de

gens dont la conduite eſt d'artifice *, ſous différentes ſortes
de déguiſement ils ſe proménent dans les rues, ils abor-
dent poliment ceux dont les
affaires ſemblent dérangées.
Tantôt ils ſe diſent des Seigneurs étrangers, qui ſouhai-
teroient fort de trouver des
gens pour leur apprendre le
François. Tantôt ce ſont des
Bijoutiers nouvellement dé-
barqués, qui demandent des
Commis, à qui ils donneront
de bons appointemens, outre
qu'ils les amméneront deux fois
toutes les ſemaines à la Comédie & à l'Opéra, ſans qu'il
leur en coute rien. Tantôt ce
ſont des Plaideurs qui ſont ſur
le point de ſe retirer en Province, mais qui veulent avant

* Les Racoleurs.

charger quelques-uns du soin de leurs affaires, en leur comptant sur le champ une somme d'argent. Tantôt ce sont des Secretaires qui veulent donner à copier quantité d'écritures, dont on doit retirer beaucoup d'avantage. Quelquefois ce sont des gens qui se disputent entre eux au risque d'une gageure la subtilité de leurs pensées, ils prient un tiers d'être Juge de leur débat. Une autrefois ils se métamorphosent en femme, ils empruntent à Venus des appas qu'ils étalent à la brune. Et toutes ces ruses, tous ces artifices ne tendent qu'à attirer ceux à qui ils s'adressent, dans des lieux suspects, où ils les engagent de force.

Les jeunes gens à Paris sont

dans le goût de ne recevoir
point de lettres, qui ne foient
affranchies. S'il arrive quelquefois qu'ils en reçoivent, ce n'eft
que pour les renvoyer fur les
lieux, & punir l'indifcrétion des
provinciaux. Ils aiment plus
l'argent que l'honneur, ils font
prêts à commettre tous les actes
d'impoliteffe, lorfqu'il s'agit de
leurs intérêts. Beaucoup de ces
gens-là font les fads & les Meffieurs de conféquence, cependant ils ne foupent que rarement, ils font le foir collation.
Pour avoir du pain ils font
bien fouvent obligés de mettre
en gage leurs épées chez le
Boulanger.

On voit à Paris une infinité
d'Abbés provinciaux qui y ont
été conduits par la galanterie,
ils fe font immaginés qu'ils y

feroient à l'abri de toute critique, mêlés dans la confusion,
& se cachant dans la foule des
coupables. Ils voltigent d'éga-
rément en égarement, ils com-
métent toutes fortes de crimes,
fans confidérer qu'ils offenfent
leur Auteur fous fes yeux.

TITRE IX.

Des jeunes gens qui veulent
faire les Petits-Maîtres.

LEs jeunes gens que je peins,
font ordinairement des
enfans de famille, à qui les parens ne donnent que peu de
chofe. On les voit à Paris fri-
fez, poudrés, & avec de beaux
habits ; ils fe quarrent, ils frappent du pied, ils montrent un

visage riant, on diroit à les voir que la fortune déploye sur eux ses faveurs. Mais malgré cet extérieur apparant, ils seront souvent dans la position la plus désavantageuse, ils iront faire deux ou trois tours au Luxembourg, sans attendre, pour diner, le succès d'un Sonet. Cette disgrace les oblige d'emprunter de tous côtés ; Obergistes, Cabarétiers, Caffetiers, tous deviennent leurs créanciers, mais ils ne payent jamais, parce qu'ils n'ont point d'espéces, ou du moins s'ils en ont, ils les employent en ceintures, en manchons, en plumets, ou en habits.

Paris est un Pays inhabitable pour les gens de ce caractére ; tout y est cher, & personne n'y est libéral; & comme

une extrême indigence eſt leur
partage , ils ne mangent ſouvent que des herbes crues , &
ne boivent que de l'eau. D'un
autre côté ils ſont obligés de
braver les rigoureux frimats
que l'Hyver fait ſentir à Paris,
ils ſont alors preſque toujours
en exercice , ils font des viſites
fréquentes aux belles , & vont
de promenade en promenade
pour réſiſter aux injures du
tems. Auſſi font – ils des vœux
ardens pour le retour du Prin-
tems , qui couronne les jardins
de fleurs , les campagnes de
verdure , & qui raméne les oi-
ſeaux , qui font raiſonner les
bocages de leur doux chant.

Si ces jeunes gens, qui com-
battent la pluye , le froid ,
la faim, la ſoif avec une coura-
geuſe réſolution , le faiſoient

par un esprit de pénitence,
les maux qu'ils endureroient,
feroient autant de caractéres
d'une immortelle réputation.
Mais l'ambition & la vaine
gloire font les feuls motifs qui
les animent, ils fe privent du
néceffaire pour avoir des habits galonnés, & pour joindre
à cet étalage le titre de Baron
ou de Marquis. Leur intention
eft de tromper le monde, &
de lui en impofer : rien de plus
aifé, dit un de ces jeunes gens,
Paris eft un Pays où l'on ne fe
connoît que fuperficiellement,
on ne juge des facultés d'un
homme que par fa parure ;
quand on a de jolis habits, on
fe perfuade que l'on eft dans
l'opulence, & on a de l'eftime
pour ceux qui éprouvent les faveurs de la fortune, & non

pour ceux qui en fentent les
rigueurs. Il faut donc que je
tâche de briller ; les refforts
que je remuerai me feront fans
doute trouver en mariage une
fille bien riche ; je la trompe-
rai en lui jettant de la pouffiére
aux yeux , elle me prendra à
l'afpect de ma décoration pour
un gentilhomme & un homme
opulent ; mes habits feront les
garands de mes richeffes & de
mes titres. Voilà de quelle façon il raifonne en lui - même.
Le defir flateur de jouir un
jour d'un bien être à fouhait, le
fait triompher des plus terri-
bles difgraces , il efpére , à
l'ombre des illufions, d'endor-
mir les belles que la Fortune
favorife ; auffi combien de
mauvais mariages ne voit-on
pas à Paris ; il y a une infinité

de gens qui n'embraffent pas
cet état par l'effet d'une inno-
cente amitié, l'amour de la
fortune, fur laquelle ils jettent
les fondemens de leur félicité,
eft le mobile qui les anime ;
mais cela ne produit que des
infidélités, & des chûtes.

Les Meffieurs, dont je viens
de parler, font habiles à multiplier leurs intrigues. Il y en eut
un l'année derniere qui fit liai-
fon avec la Marquife de *...
elle eut tant d'attentions pour
lui, qu'elle lui fit une penfion
de mille écus par an. Elle lui
donnoit tous les jours des rendez-vous dans fon logis ; s'il
tardoit d'un quart d'heure, elle
s'habilloit en Officier, & l'alloit voir. Ces amours ont duré
quelque tems, mais l'Amant

* ,

volage forma une autre intri-
gue qu'il entretenoit clandef-
tinement, & dont il retiroit
quelque avantage. Comme
tout cela ne pouvoit avoir
qu'une fuite infiniment déplo-
rable, il fit préfent à la Marquife d'un bouquet, qui n'étoit
pas des plus jolis : ce fut à ce
trait peu flateur qu'elle connut
fon infidélité, elle lui envoya
dire de paffer à fon hôtel, fous
prétexte de le voir. L'Amant
n'eut garde d'obéir à cet ordre,
il voyoit qu'il y avoit du férieux
& de l'extraordinaire ; il fçavoit que fa maitreffe étoit dans
l'ufage d'aller chez lui, & non
point de l'envoyer chercher,
outre qu'il fe fentoit coupable.
Toutes ces réflexions jetterent
l'allarme dans fon efprit ; pour
éviter les évenemens facheux,

il changea de nom & de quar-
tier. Lorfqu'il fe croyoit à l'a-
bri du danger, il apprit par
le canal d'un de fes amis que
fa maitreffe le faifoit chercher
par tout ; cette perquifition
vive & importune acheva de
l'alarmer, il fe détermina à
quitter Paris, & fut très-heu-
reux, fans quoi il auroit bientôt fini fes jours.

Voilà un crayon des maxi-
mes de ces jeunes gens : ils fe fau-
filent avec les femmes riches,
dans le point de vûe d'avoir
part à leur fortune : ils ufent de
tous les artifices pour gagner
leur bienveillance ; ils font
polis & enjoués, ils chantent,
ils danfent, ils prodiguent leurs
ris, leurs careffes. Les richeffes donnent le branle à toutes
leurs actions, elles ont beau
être

être dangereuses, & même des écueils, toutes les refléxions font bannies. S'ils sçavoient ce que c'est que les biens, ils n'en désireroient que pour vivre. Je trouve un Décroteur beaucoup plus heureux qu'un Maréchal de France; ce dernier n'est jamais en repos, il faut qu'il s'observe continuellement: s'il fait quelque chose de travers, il est redressé à la Cour, il est agité nuit & jour par les craintes, les soucis, les tourmens. Mais pour le premier, il n'a, pour ainsi dire, aucune inquiétude; il est vrai qu'il travaille le jour, & qu'il se donne de la peine, mais du moins il va se coucher tranquille, rien ne l'empêche de dormir; sa vie est bien plus douce que celle d'un Maréchal de France. O

TITRE X.

De ce qu'il y a de plus remar-
quable à Paris.

LES maisons en général
font belles à Paris, elles
font élevées extrêmement. Il y
a quantité d'hôtels de la der-
niére magnificence, avec de
beaux jardins dont on a tout le
foin possible ; ils font peuplés
de beaux arbres, on y respire
l'odeur des fleurs ; tout y rit,
tout y plaît.

Chacun à Paris orne sa mai-
fon de fon mieux ; les Riches
font chez eux d'un grand brillant, leurs appartemens font
parés de glaces & de riches ta-
pisseries, & à ces ornemens est
jointe une propreté enchantée.

Les gens à Paris sont logés jusques sur les toîts, ceux qui ont demeuré long-tems dans la même maison, ne se con- noissent point, on vit avec beaucoup de circonspection, on n'ose pas mettre sa confian- ce en personne. Si les amis sont rares partout, ils le sont en- core plus à Paris qu'ailleurs.

Il y a à Paris des Eglises qui sont des chefs - d'œuvres, les connoisseurs y trouvent de- quoi satisfaire leur curiosité. Il en est d'autres qui frappent les yeux, & font le plaisir de la vûe, mais elles ont plus de clin- quant que de véritable beauté.

On entend à Paris du bruit à toutes les heures du jour & de la nuit ; l'air retentit du son des cloches, ce bruit, joint à celui des carosses, fait un grand quarrillon. On rencontre dans toutes les rues des convoys , on y eſt ſi accoutumé qu'on ſe familiariſe avec la mort : ces ſpectacles ne font aucune impreſſion.

Quand les gens de condition ſont malades, ils ont ſoin de faire mettre du fumier le long de leurs hôtels , pour ne point entendre le bruit des charrettes & des carroſſes.

La Seine Paſſe au milieu de la Ville , & la diviſe en deux parties égales ; ce qui eſt admirable. Lorſqu'on eſt ſur le Pont - Neuf, on a, du côtê du Louvre, un des plus beaux coups d'œil qu'il y ait au monde.

La ville eſt très - bien policée , il y a un Guét à pied , & un autre à cheval ; ils font tous les deux leur ronde pendant toute la nuit.

On vit à Paris affez bien à peu de frais, il en coute moins qu'en certaines Provinces, on a le plaifir d'y vivre à fa fan-taifie, perfonne n'y trouve à redire. Si on aime le jeu, & qu'on veuille fe produire, on fera difpenfé de payer une penfion; on donne à manger dans beaucoup d'endroits, les piqueurs & les joueurs y font bien reçus.

Il y a à Paris plufieurs pro-menades publiques, les plus belles font le Palais Royal, les Thuilleries, le Luxembourg, le Jardin du Roi, & celui de l'Infante.

Le Palais Royal n'a que des enchantemens, il femble être le rendez-vous des ris & des jeux. Cette promenade eſt ordinairement remplie de fads ; on y voit les Abbés galants avec des canes longues & brillantes à la main ; & les Petits-Maîtres avec des bas à coins dorés, & des ſouliers à talons rouges.

Les Thuilleries ſont d'un grand goût, elles ſont pleines d'agrémens. Dans la belle ſaiſon on a accoutumé de s'aſſéoir ſur le gaſon, & ſous les ombrages des arbres. Il y a dans les deux grandes allées des gens de différent ſexe, qui critiquent quiconque n'a point la parure requiſe ; ſi une femme étoit dans le négligé, elle n'oſeroit y paſſer, elle appréhende plus les traits de la critique, qu'un Soldat ne fait les coups de canon.

Le Luxembourg eſt plus champêtre que les Thuilleries, mais il lui diſpute le prix de la beauté; ſes graces ont une majeſté qui enchante. Cette promenade eſt très fréquentée par le vulgaire, parce qu'on peut s'y produire ſans être d'un ſi grand propre que dans les autres, & qu'on riſque moins d'être critiqué.

Le Jardin du Roi eſt joli & riant, on y trouve toutes ſortes de ſimples & de plantes. Cette promenade délicieuſe eſt le rendez-vous des Etudians en Médecine; c'eſt entre eux un combat d'eſprit des plus violens, celui qui crie davantage remporte le triomphe.

Le Jardin de l'Infante eſt petit, mais il n'en eſt pas moins charmant; les Abbés y vont

prendre l'air, & se mêlent de
juger des qualités & des vertus
des femmes qui s'y proménent.

Il y a à Paris plusieurs Théatres ; sçavoir, l'Opéra, la Comédie Françoise, la Comédie
Italienne, l'Opéra Comique.
Il y a un usage remarquable à
ces Théatres, c'est que si quelqu'un veut sortir avant que le
premier Acte soit fini, il peut
se faire rendre son argent.

Outre les Spectacles ordi-
naires, les Ecoliers, dans certains Colléges, représentent
tous les ans au mois d'Août
une Tragédie ; ils se parent
des plus riches habits, les
Théatres sont ornés des plus
belles décorations.

Il y a à Paris beaucoup de
Colléges borgnes, c'est-à-dire,
où l'on ne professe point ; la
plûpart

plûpart des locataires font des
Etudians ; les femmes n'y en-
trent que difficilement. Le
défagrément qu'il y a , c'eft
d'être fujet au coup de la porte, il faut s'y rendre à dix heures de la nuit pour le plus tard,
fans quoi on n'y couche pas.
Cette loi n'eft pas cependant
obfervée à la rigueur, on y entre paffées dix heures fi on eft
ami du Principal, ou fi on donne au Portier quelque chofe
pour boire.

Il n'eft point de Pays plus
riches en Bibliothéques que
Paris, il y en à plufieurs qui font
ouvertes certains jours de la
femaine ; on peut y aller travailler fous les yeux des Bi-
bliothéquaires ; elles font com-
pofées de Livres rares , &
d'excellens Manufcrits.

P

La Bibliothéque de S. Victor est publique trois fois la semaine, le Lundi, le Mercredi, & le Samedi.

Celle des Prêtres de la Doctrine Chrétienne est ouverte pour le Public, tous les Mardis & Vendredis.

Celle des Quatre Nations deux fois la semaine, le Lundi, & le Jeudi, matin & soir.

Celle qu'on appelle des Avocats, est ouverte tous les jours pour le public, la plus grande partie de ses Livres sont de Jurisprudence.

A l'égard des Sociétés, il y en a à Paris plusieurs qui portent le nom d'Académie. Celles de Peinture, de Sculpture, & d'Architecture sont estimables; il y a quantité de sujets qui excellent dans ces Arts;

l'émulation régne parmi eux, la beauté & la délicatesse de leurs ouvrages ne font pas moins admirables que la variété.

L'Académie Royale des Inscriptions & Belles Lettres fleurit plus que jamais, elle répand sur ses Ouvrages une simplicité charmante, & un goût exquis; son mérite lui concilie l'estime & l'amour de la France.

L'Académie Royale des Sciences s'adonne à des Etudes sérieuses & profondes, le sanctuaire des Muses semble placé dans son sein. Elle donne tous les jours carriére à ses talens, les découvertes qu'elle fait, sont curieuses & intéressantes.

Le Roi a un esprit brillant,

beaucoup de bonté pour son peuple, & d'affection pour la Nobleſſe. Il a du courage & d'habileté dans l'art de la Guerre ; il eſt actif, prudent, & Bon œconome. Son digne fils aime les Sciences, & les gens de mérite ; un cœur grand, droit, bienfaiſant ; une Nobleſſe dans ſon air, qui marque celle de ſon ame, une grace qui ſoutient, & qui orne tout ce qu'il dit ; tout cela charme les yeux, & enleve les cœurs.

La Reine fait ſes délices de la piété, c'eſt une roſe qui fait l'ornement de la Cour, la priére eſt ſon élément. Madame la Dauphine eſt auſſi très-pieuſe, elle joint la beauté du corps à celle de l'eſprit : cette Princeſſe a toutes les qualités qui la peuvent rendre aimable.

Les Dames de France font
d'un caractére excellent, la
Politeffe & la douceur font
portées chez elles à leur comble. La Cour eft honorée par
l'éclat & l'odeur de leurs vertus.

TITRE XI.

De la Religion.

IL eft à Paris des gens illuftres par l'excellence de
leurs mœurs ; ils mettent au
milieu d'eux-mêmes le Temple
de la fageffe, toute leur attention eft de faire fleurir chez
eux la Religion, d'en conferver le triomphe, & d'en affer-
mir le trône. Mais prefque tous
font du caractére oppofé, ils
fe font fyftême de conduite fe-
lon leurs defirs ; le vice eft
cheri, accrédité, & cou-

P iij

ronné. Il eſt rare quand les
Riches entendent les Meſ-
ſes., ils n'en entendent ordinairement que des morceaux.
Pour l'abſtinence des viandes,
ils en violent la loi ; c'eſt chez
eux un Carnaval éternel.

Il eſt des momens où les Dames à Paris feignent d'avoir
de la Religion ; elles décla-
ment contre celles qui n'en
ont pas, le zèle pour l'honneur eſt loué, l'infidélité eſt
condamnée : tout ce qu'elles
diſent, tend à faire voir qu'elles ſont dévotes. Mais comment les regarder ſur ce pied-
là, puiſqu'elles ſont les Nymphes aux promenades, qu'elles
fréquentent les Spectacles,
quelles s'adonnent au jeu juſqu'à perdre des ſommes conſi-
dérables, qu'elles pervertiſ-

sent l'ordre de la nature, en
faisant du jour la nuit, & de
la nuit le jour ? Encore une
fois comment les croire dévotes, puisqu'elles ne font
plaisir que dans des vûes
d'intérêt, qu'elles exigent
de l'argent pour les Bénéfices
& les Employs qu'elles font
donner, qu'elles ne se con-
tentent pas de leur état, qu'el-
que florissant qu'il soit, qu'elles n'ont point de charité pour
le prochain, qu'elles vont au
Cours la Reine, au bois de
Boulogne, lorsqu'il faut aller
aux Offices Divins? Ce n'est
pas par une telle conduite
qu'on obtient les loüanges que
la sagesse mérite. Je ne sçai si
j'ai assez approfondi leur caractére, & démêlé leurs maximes; quoiqu'il en soit, je ne di-

rai rien plus sur leur compte, si ce n'est que tout ce qu'elles font, elles le font pour être heureuses. Mais ce qui est funeste pour elles, c'est qu'elles cherchent le bonheur où il n'est pas, elles le cherchent dans le monde, tandis qu'il est en Dieu.

On voit à Paris un ramas de libertins, qui se livrent aux forfaits les plus noirs, qu'ils colorent du titre de belles actions. Pour pêcher plus librement ils veulent faire les esprits forts, & les Athées, mais il ne peuvent être de ce caractére, parce que le doigt de Dieu a gravé dans leurs cœurs la vérité de son existence. Ils ne font tout au plus qu'incertains & flotans, le trouble que produit en eux un désordre uni-

verfel, les jette dans un doute,
en fût - il jamais de plus crimi-
nel & de de plus fatal. S'il arrive qu'ils fufpendent leurs forfaits, ils ne doutent plus qu'ils
ne puiffent être frappés de
Dieu, & être écrafés fous le
poids de fa gloire. Mais ac-
coutumés qu'ils font à la débauche, ils recommencent bientôt à célébrer l'iniquité, alors
des brouillards épais vont obf-
curcir la vérité qui eft écrite
dans leurs cœurs, ils deviennent comme auparavant incertains & flotans, ils ne fçavent
à quoi s'en tenir. Je vais, par
ce que je dirai ci-après, lever
leur doute fatal, & les rame-
ner à la vérité.

Tous les ouvrages de la Nature font les témoins de la gloire de Dieu. Le Ciel, la Terre,

la Mer, les animaux privés &
fauvages, & toutes les parties
de l'Univers publient la bonté,
le pouvoir, & la fageffe de leur
Auteur ; ils nous difent de l'aimer, & de l'aimer fans ceffe.

Mais s'il ne préfidoit pas à
la conduite de l'Univers un
être fuprême, on ne verroit
pas tant de majefté dans les
Cieux ; les étoiles n'auroient
pas tant de beauté & d'éclat,
& ne feroient point femées
avec tant de fymétrie ; elles ne
parcoureroient pas fi rigide-
ment les voutes du Ciel ; elles
s'entrechoqueroient, & inter-
romperoient leur mouvement
perpétuel ; elles tomberoient
quelquefois.

Le Soleil n'auroit pas été fe
placer au Firmament ; il ne
feroit pas tous les jours des

miracles en venant diſſiper les ténébres, & éclairer le monde. Il perdroit de ſa beauté, de ſa lumiere, & s'épuiſeroit de ſorte qu'il viendroit à manquer. Il s'arrêteroit quelquefois, & deſcendroit ſur la Terre. L'Aurore ne le précéderoit pas tous les matins. Pour dé- couvrir en tout cela le pouvoir de Dieu: il ne faut qu'un atome de bon ſens. Car pourquoi le Soleil parcoureroit-il les deux hémiſphéres tour à tour ſans ja- mais violer les loix de ſon mou- vement, ſi ce n'eſt pour obéir aux ordres de Dieu? Com- ment les autres aſtres iroient- ils de l'Occidenr à l'Orient ſans y manquer jamais? Ne re- connoît-on point à cet ordre ſi parfait une intelligence ſouve- raine? Comment voudroit-on

que des corps , des objets ma-
tériels, qui n'ont ni inclination
ni volonté , fuſſent capables
d'une conduite ſi admirable ,
qu'ils fuſſent ſi juſtes & ſi conſ-
tans dans leurs changemens
divers ; ils nous mettent donc
devant les yeux la ſageſſe de
leur Auteur.

La Terre eſt placée entre
deux cieux ; qui peut la ſuſpen-
dre au milieu de ces vaſtes dé-
ferts autre que le bras de Dieu ?
Sans lui elle ne produiroit
point ces richeſſes, & ces beautés admirables , parce que ſes
entrailles ſont ſtériles & indi-
gentes. Les feuilles des arbres
ne précéderoient pas les fruits,
au contraire il pourroit arriver que les fruits naîtroient les
premiers , & qu'on ne les verroit jamais enſemble. Les

faifons ne feroient point par-
tagées avec régularité, le cœur
de l'Hyver fe trouveroit quelquefois dans le fort de l'Eté,
& le fort de l'Eté dans le cœur
de l'Hyver. L'air auroit été
faire fon féjour ailleurs qu'entre la Terre & les Aftres, où
il demeure conftamment pour
tempérer la chaleur & la lumiere dont il nous fait jouir.
Le corps humain ne recevroit
pas par de douces & de fecret-
tes influences, une force qui
le fortifie dans fa langueur.
Par l'ordre établi dans la Nature on voit clairement qu'il y
a une intelligence fouveraine,
qui dirige toutes chofes. Que
ceux qui font incertains & flotans jettent donc les yeux fur
la vérité, & fe dépouillent
de leurs doute ; qu'il aiment

Dieu, qu'ils l'adorent, & qu'ils lui rendent le culte qui lui est dû.

La Mer respecte ses bords ; elle ne sort jamais de ses limites ; mais s'il n'existoit pas un être suprême , pourquoi ne viendroit - elle pas inonder la Terre , elle qui n'a point de barrieres, & qui est si terrible dans son couroux ? Pourquoi y auroit-il de la diversité entre les animaux , & se condui-roient-ils par un instinct mer-veilleux ? Ils se font des loge-mens , ils se mettent à couvert des injures de l'air , ils vont chercher dequoi se nourrir, ils n'ont cependant ni de l'es-prit ni de la raison : ne recon-noît - on pas à cela une sagesse adorable qui dirige tout ?

Les nuages se forment dans

les airs ; les éclairs remplissent
l'hémisphére de leurs feux, &
disparoissent aussi-tôt qu'ils
brillent ; quel miracle ne se fait-
il pas ? Le tonnerre qui fait un
si grand bruit, crie adorez
votre Maître. Cette pluye qui
tombe, fertilise la Terre, &
fait naître les fruits dont nous
avons besoin. Voilà des caractéres éclatans du pouvoir de
l'être suprême. Après cela, esprits flotans, ne craindrez-
vous pas d'être frappés de son
bras ? Resterez-vous dans votre état, qui est le plus déplora-
ble ? Serez-vous si malheureux que de balancer à reconnoître un Dieu, tandis que tous
les ouvrages de la Nature sont
occupés à publier sa gloire ?
Le Ciel avec ses étoiles avoue
qu'il lui est redevable de la ma-

jefté & des charmes brillans
qu'il a, le Soleil & la lune avec
leurs rayons difent qu'ils font
les témoins de fa magnificence. Les bois avec leur char-
ment ombrage & leur fraî-
cheur agréable, déclarent
qu'ils portent des caractéres de
fa grandeur & de fa fageffe.
Les prairies revétues d'une fi
agréable verdure, & les par-
terres émaillés de fleurs, rendent gloire à Dieu, qui leur a
donné tant d'agrémens & tant
d'apas. Les arbres ornés de
fleurs & de fruits le reconnoif-
fent pour l'auteur de leur être, de
leur richeffe, & de leur beauté.
Les montagnes & les colines
annoncent que fa gloire eft au-
deffus du Ciel & de la Terre.
Les Mers, les fleuves, les
ruiffeaux, les fontaines confef-
fent

sent qu'ils sont ses Ouvrages,
& qu'ils lui appartiennent. Les
poissons qui se jouent dans
l'eau, les oiseaux de toute couleur & de différent ramage,
disent que c'est Dieu seul qui
mérite qu'on l'aime. Les Zéphirs chantent ses grandeurs
à la faveur de ce doux bruit que
produit leur souffle délicieux.
Les nues, les brouillards, la
pluye, la rosée, les frimats, les
tourbillons, & les tempêtes ma-
nifestent la toute-puissance de
leur divin Maître. Iris publie
que le nom de Dieu est adorable, quand elle vient dorer
les nuages de ses couleurs.

Il n'est pas au monde une
personne, tant soit peu raison-
nable qui ne reconnoisse l'Auteur des plaisirs, à la vûe des
merveilles de la Nature, puis-

qu'elles font comme autant de bouches muettes qui publient les amabilités de Dieu. Si un de ces éfprits flotans méditoit un feul inftant, il fe fixeroit à fon Dieu ; la moindre réflexion diffiperoit fes nuages , & porteroit un foleil dans fon efprit. Il reconnoîtroit avec beaucoup de refpect & d'amour que c'eft pour lui, que Dieu a tiré du fein flétri de la Terre , par des conduits imperceptibles , tant d'arbres excellens & de fruits exquis , dont il diverfifie les odeurs & les couleurs. Que c'eft pour l'obliger qu'il a préparé ces belles colines , ces prairies, & ce beau tems. Qu'il a étendu ce tapis vert fous fes pieds ; qu'il a envoyé cette nue qui vient fi à propos pour le metre à couvert des ardeurs du Soleil. Qu'il a tiré de ses tréfors ce vent frais, qui tempére la chaleur de la saison. Il apercevroit encore par mille autres endroits la bonté que Dieu a pour lui. Jufques à quand efprits flotans, ferez-vous donc rébelles? Poufferez-vous l'ingratitude jufqu'à ne point reconnoître les dons & les graces que l'Auteur de la Nature a répandu & répand tous les jours fur vous? Douterez vous à l'avenir de son exiftence adorable? Quand la confidération des Cieux, des Aftres, de la Mer, de la Terre, & de tout ce qui y eft contenu, ne vous convaincroit pas de cette vérité, vous la trouveriez marquée fur vous-mêmes: Suivez-moi pas à pas, je vais déchirer le bandeau de votre illufion.   Q ij

L'homme est un abregé des merveilles du Ciel, plûtôt que des miracles de la Terre, il ne faut que se voir pour découvrir en soi des caractéres de son Créateur. En effet les traits de notre visage pourroient-ils être si beaux, & annonce-roient-ils tant de grandeur, s'ils n'avoient été faits par une intelligence souveraine ? On voit placés sur notre visage, à une certaine distance, & vis-à-vis l'un de l'autre, deux soleils pour nous éclairer. Il est enri-chi de tous les organes néces-saires pour recevoir les impres-sions des objets, & exciter dans l'ame les couleurs, les sons, les odeurs & les faveurs. Tout ce qui se trouve sur notre face fait bien connoître qu'elle a été faite par un Ouvrier le plus parfait & le plus excellent que l'on puisse jamais concevoir; on y voit des marques & des empreintes que ses mains adorables y ont fait.

A l'égard de notre corps, il n'a pas moins de merveilles, tout y est admirable, tout y est fait à propos, chaque chose est à sa place, & a ses propriétés. Le sang est toujours en mouvement, est-ce nous qui lui commandons de circuler ainsi? Est-ce nous qui ordonnons à nos yeux de voir, & à nos oreilles d'entendre?

Quel arrangement, quelle structure, quelle symétrie, quelles merveilles dans notre corps! n'a-t-il pas fallu nécessairement un Dieu pour faire un ouvrage si parfait? Tout homme de bon sens reconnoît

au moindre trait de son visage,
qu'il est redevable de tout ce
qu'il est à l'Etre Suprême.

Les sentimens de notre cœur
nous fournissent une autre
preuve de l'existence de Dieu.
Nous sentons que les richesses,
les honneurs, les plaisirs ne
peuvent faire notre félicité.
Notre cœur est toujours indi-
gent au milieu de la plus brillante prospérité ; il ne trouve rien dans le monde digne
de le fixer. Ce sentiment d'indigence nous fait connoître
qu'il y a un Dieu qui seul peut
le rassasier.

D'ailleurs quand le cœur seroit accablé sous le poids des
forfaits, il ne peut s'empêcher
de porter quelque soupir vers
son divin Auteur : ce qu'on

connoîtroit , fi on y faifoit attention. Mais c'eft encore autre chofe, lorfque le vice eft
banni & mis dans les fers ,
alors une voix claire fe fait entendre du fond du cœur , elle
le follicite vivement à aimer
& adorer celui qui l'a fait ,
s'il remplit ce devoir auffi aimable que refpectable , il
trouve cet exercice plein de
charmes.

L'efprit de l'homme ne peut
fortir que d'une main Toute-
Puiffante ; il parcourt dans un
inftant tout l'Univers , il agit
fans fe mouvoir , de forte que
fes penfées le portent partout ,
fans le faire jamais changer ni
de place ni de lieu. Il eft plus
merveilleux que l'Aftre du
jour , puifque fa raifon eft un
divin flambeau , qui ne peut

fouffrir d'éclipfe que par l'op-
pofition de fa malice volon-
taire. Il paroît donc que ce ruif-
feau d'admiration ne peut venir que d'une fource adorable.
Fixés – vous donc à la vérité,
efprits flotans, repentés-vous
d'avoir douté de l'exiftence de
votre Créateur, votre Roi,
votre Maître, malgré toutes
les preuves que l'Univers vous
donnoit.

Si quelqu'un parmi vous eft
affez malheureux (ce que je ne
penfe pas) pour balancer à fe
rendre à la vérité qui vient de
paroître dans un grand jour,
je veux bien achever de le
confondre, & faire tomber les
principes de fon doute funefte
par deux réflexions. La premiere eft que je ne pourrois pas
exifter, fi Dieu n'exiftoit pas ;
&

& la seconde est, que sans lui tous les êtres auroient été impossibles.

Premiere Réflexion. Si je pense & si j'existe (comme je n'en doute pas) il faut que Dieu existe. Car ou j'ai reçu de moi – même ma pensée & mon existence , ou bien d'un autre. Non de moi - même, parce que pour me donner ma pensée & mon existence , il faudroit que je pûsse me conserver dans le tems que je voudrois penser & exister ; mais comme je n'ai pas le pouvoir de me conserver un seul instant, je n'ai pû me donner , en premier lieu, ma pensée & mon existence , je les ai donc reçues d'un autre , & cet autre ne peut êrre que Dieu. En effet ou cet autre m'est égal en pensant ,

R

ou supérieur. Non égal, car comme je sçais que je ne puis pas donner à un autre l'exis-tence ni la force de penser, de même je juge sainement que je ne les ai point reçues d'un égal, mais d'un supérieur qui est Dieu.

Seconde Reflexion. Aucun être n'auroit jamais existé, s'il n'existoit une sagesse adora-ble. Il a été une fois que tous les êtres temporels n'ont pas été, ou du moins ils ont pû ne pas être. Mais s'ils n'ont pas été une fois, par qui auroient-ils reçu leur existence s'il n'y avoit pas eu un Dieu? Non d'eux-mêmes, parce que rien ne peut être la cause de soi-même. Non d'un autre, puis-qu'au-delà de tout être il n'y a rien. Si pareillement ils ont pû ne pas être, ils n'auroient jamais été, car ils n'auroient pû recevoir leur exiſtence d'un autre , parce qu'il n'y auroit eu rien. Il faut donc dire que puiſque tous les êtres temporels n'ont pas été une fois, ou du moins qu'ils ont pu ne pas être, ils n'auroient jamais exiſté , ſi Dieu n'avoit exiſté.

De prétendre que le monde fût éternel , ce ſeroit le comble de la folie ; il s'enſuivroit de-là que l'homme n'auroit jamais été. Qui lui auroit donné ſon exiſtence ; puiſque dans cette ſuppoſition il n'y auroit eu au monde rien de plus grand que lui ? Auroit-ce été le Ciel ou la Terre , les pierres ou les arbres, & s'il en étoit ainſi, Pourquoi ne feroient-ils pas des hommes tous les jours ? Il

répugne que des objets qui font
muets & aveugles, qui n'ont,
ni inclination ni volonté, euffent été capables de cette opération , qu'ils euffent fait un
ouvrage, plus excellent & plus
parfait qu'eux-mêmes. Refte
donc que le premier des hommes auroit dû fe faire de lui-
même. Mais dans cette hypo-
théfe d'où vient qu'ayant été,
& que n'étant plus, il n'a pu fe
conferver ; il n'a donc pu fe
faire ni fe produire de lui-même, puifqu'il n'a pu fe conferver ; car il ne faut pas un moindre pouvoir pour la produc-
tion, que pour la conferva-
tion.

D'un autre côté on ne peut
pas dire que le chef des hommes a toujours été. S'il n'avoit
point eu de commencement,

pourquoi auroit-il eu une fin ?
Peut-il y avoir de fin fans un
commencement ? Il eft certain
que fi le premier des hommes
avoit toujours été, il fe feroit
confervé, mais puifqu'il n'a pu
le faire, il faut qu'il y ait un
Dieu qui lui ait donné l'exiftence, & qui foit l'Auteur de
toutes chofes.

Il faut avoir la cervelle entierement renverfée pour douter de la vérité de l'exiftence de
Dieu ; en effet douter de l'exiftence de Dieu & douter de fa
propre exiftence, c'eft une fem-
blable folie.

Dieu s'eft peint au milieu de
l'homme, & le rend plus admirable que les Aftres. Il fe découvre, non feulement dans
ce vafte Univers pris enfemble, mais encore dans le plus

petit objet, dans un bouton de rose; dans une puce, dans une fourmi; il faut une puissance infinie pour les faire, & par conséquent un Dieu.

J'en pourrois dire davantage, mais je m'arrête là, puisque la vérité saute aux yeux, & qu'elle est aussi claire que le soleil en plein midi. Faites donc, esprits flotans, un sincére retour vers la vérité; considérés que si votre Auteur ne vous a pas puni jusqu'à présent, ce n'a été que par un effet de sa compassion; & quoique vous ayés, pour jamais, démérité son amitié, il veut vous en couronner, pourvû que vous écoutiez sa voix. Rendez-vous donc sans différer à cet Etre suprême, qui est votre derniere fin, & qui seul

peut vous rendre heureux. Sui-
vez sans vous arrêter la route
brillante que JESUS - CHRIT
vous a tracée, vous n'y trouve-
rez que des ris, des charmes &
des grâces ; les lys & les roses
naîtront sous vos pas. La tempête dont vous êtes battu, n'aura
plus de pouvoir sur vous, vos
jours seront tranquilles & char-
mans ; & après avoir fini glo-
rieusement votre carriere,
vous serez reçus à la Cour
Céleste.

F I N.

TABLE des Titres contenus en ce Livre.

Fautes à corriger.

Pag. 4. premiere & feconde ligne, il n'eft point de refforts, *lif.* il n'eft point de reffort.

Pag. 46, premiere & deuxiéme lig. fi elles ne s'attachent à leur attrait, *lif.* fi elles ne s'arrachent à leur attrait.

Pag. 64, premiére lig. ambe, *lif.* jambe.

Pag. 139, dern. lig. par un rrait digne d'être contrôlez *lif.* contrôlé.

Pag. 173. lig. 13. d'en confervir le triomphe, *lif.* d'en conferver le triomphe.

Pag. 181. lig. 23. de leurs doute, *lif.* de leur douze.

La même page 173, lig. 17, ils fe font fyftême de conduite, *lif.* ils fe font un fyftême de conduite.

www.ingramcontent.com/pod-product-compliance
Lightning Source LLC
Chambersburg PA
CBHW051826020726
47502CB00005B/1655